W0238468

75 CONSEJOS PARA CELEBRAR TU CUMPLEAÑOS A LO GRANDE

María Frisa

Ilustración: Lola Rodríguez Soler

MANUAL PATENTADO POR MÍ MISMA
PARA HACERTE LA VIDA MÁS FÁCIL

ALFAGUARA

75 CONSEJOS PARA CELEBRAR TU CUMPLEAÑOS A LO GRANDE

El papel utilizado para la impresión de este libro ha sido fabricado a partir de madera procedente de bosques y plantaciones gestionadas con los más altos estándares ambientales, garantizando una explotación de los recursos sostenible con el medio ambiente y beneficiosa para las personas. Por este motivo, Greenpeace acredita que este libro cumple los requisitos ambientales y sociales necesarios para ser considerado un libro «amigo de los bosques». El proyecto «Libros amigos de los bosques» promueve la conservación y el uso sostenible de los bosques, en especial de los Bosques Primarios, los últimos bosques vírgenes del planeta.

Tercera edición: mayo de 2016

© Del texto: 2013, María Frisa
© 2014, de la presente edición en castellano para todo el mundo:
Penguin Random House Grupo Editorial, S.A.U.
Travessera de Gràcia, 47-49. 08021 Barcelona
© De las ilustraciones: 2013, Lola Rodriguez, basadas en las ilustraciones de Celestino Belinchón
Diseño de cubierta: Beatriz Tobar
Rotulaciones: Laia Zamarrón Portús

Penguin Random House Grupo Editorial apoya la protección del *copyright*.
El *copyright* estimula la creatividad, defiende la diversidad en el ámbito de las ideas y el conocimiento, promueve la libre expresión y favorece una cultura viva. Gracias por comprar una edición autorizada de este libro y por respetar las leyes del *copyright* al no reproducir, escanear ni distribuir ninguna parte de esta obra por ningún medio sin permiso. Al hacerlo está respaldando a los autores y permitiendo que PRHGE continúe publicando libros para todos los lectores.
Diríjase a CEDRO (Centro Español de Derechos Reprográficos, http://www.cedro.org) si necesita fotocopiar o escanear algún fragmento de esta obra.

Printed in Spain – Impreso en España

ISBN: 978-84-204-1537-6
Depósito legal: B-24.156-2014

Maquetación: Javier Barbado
Impreso en Limpergraf, S.A., Barberà del Vallès (Barcelona)

AL 1 5 3 7 6

Penguin
Random House
Grupo Editorial

A todas y cada una de las madres. Las madres son el mejor invento del mundo.
Y en especial a la mía porque no ha habido ni un solo día en mi vida en que no me haya sentido protegida por su amor ilimitado y maravillosamente irracional.
Gracias, mamá.

Cuando llega tu cumpleaños, la vida puede ser bastante penosa.

Te has pasado un año entero «disfrutando» de los cumples de los demás: de tus padres, de tus hermanas, de la tía que te da besos con babas, de tu abuelo, de tu abuela, de tu otro abuelo, de tu otra abuela, de los enanos de tus primos, de tu mejor amiga (el único que vale la pena, porque te deja mandar un poco), de tu superenemiga, de tooooooooodos los de clase, incluso has «disfrutado» del de la vecina de arriba hasta las tres de la mañana..., y ¡¡¡por fin!!! llega **tu maravilloso cumple,** ese día que llevas esperando todo el santo año, y empiezan los verdaderos problemas...

¿Que por qué? Porque nadie quiere darse cuenta de que tu cumple no es un día en el que el mundo deba ser justo.

CAPÍTULO 1

EL MEJOR DÍA DEL AÑO

El mundo está muy mal organizado. Fatal. Me gustaría conocer al idiota que lo hizo así. Para empezar, el año es muyyyyyyyyy largo. ¿Alguna vez has contado los días? Sí, sí, ya sé que en el cole nos dicen que son 365, pero aquí va mi primer consejo.

CONSEJO 1:

NO TE CREAS TODO LO QUE TE DICEN.
USA LA CABEZA.

Los niños somos fáciles de engañar. Incluso tus propios padres te sueltan mentiras «por tu bien»: en el cole vas a pasártelo bomba jugando con tus amigos, tener un hermano es un chollo, si comes mucha verdura y pescado, serás más alto (aunque creces igual comiendo macarrones con chorizo y están más ricos)...

¿Para qué crees que tienes la cabeza?, ¿para ponerte gorros?, ¿para llevar los granos? **Noooooooo,** la tienes **para pensar.** Sí, ya sé que aquí más de uno se habrá llevado una sorpresa porque jamás la ha usado para eso (podría hacerte una lista muy laaaaaarga...).

Total, que como yo sí que pienso, me he dado cuenta de que de los 365 días del año solo hay **4,** insisto, **4** «de felicidad asegurada». ¿Está o no está mal organizado? Tendría que ser justo al revés: 4 días malos y 361 buenos. Empezarías el cole un lunes, o mejor un martes, y el viernes ya te darían las vacaciones. ¿Te imaginas? Así no tendrían que chillarte para que hicieras los deberes... ¡¡¡por lo menos hasta el miércoles!!!

Para que no tengas que estrujarte la cabeza pensando qué días son los buenos, he hecho un *top ten* (en realidad es un *top four*):

~~TOP TEN~~ → TOP FOUR

1 La mañana de Navidad, el rato de abrir los regalos (después se estropea bastante, no te dejan ni jugar a la Wii en paz porque «es un día para hacer cosas en familia»).

2 La mañana de Reyes, cuando abres los regalos que no te han dado en Navidad (no te hagas muchas ilusiones, pues siempre son más birriosos).

3 El día en que te dan las vacaciones de verano. Evidente. Y...

4 El 4.° es el mejor, el 4.° es el día de «felicidad 100% asegurada», **tu cumpleaños.**

Es mejor que los otros porque los otros también son de felicidad para el resto del planeta, pero el día de tu cumple es **solo para ti.** Todos los regalos son **solo para ti,** todas las felicitaciones son **solo para ti,** todas las llamadas son **SOLO PARA TI...** Y, encima, ¡¡¡los demás se tienen que fastidiar y fingir que se alegran por ti!!!

Seamos sinceros: mola un montón que los demás se mueran de envidia mientras tú triunfas, ¿acaso no es ese el principal motivo por el que te levantas de la cama por las mañanas (en mi caso, por el que mi madre me saca a rastras)?

Otra de las cosas por las que te das cuenta enseguida de que la vida está muy mal organizada es porque tu cumple es el día más importante del año y ni siquiera puedes elegirlo. ***Tienes que aguantarte con el día en que naces.***

Y si crees que da igual un día u otro, es que tú has tenido suerte y no has nacido en verano.

CONSEJO 2:

NO SE TE OCURRA NACER EN JULIO O EN AGOSTO.

(SÍ, VALE, SI ESTÁS LEYENDO ESTO YA ES TARDE PARA TI, PERO AQUÍ LO DEJO, POR SI ACASO...)

Como a mí nadie me avisó, se me ocurrió nacer un día cualquiera, así, a lo loco:

El **25 de agosto.**

Mi padre lleva toda mi vida tratando de convencerme de que es mejor: «Así no tienes cole y puedes hacer lo que te dé la gana: estar con nosotros, ver la tele...».

¡¡Qué chollo, todo el día para estar con la idiota de **mi hermana Raquel!!**

Esta es otra de las cosas por las que queda claro que la vida está muy mal organizada: ¿para qué existen los hermanos pequeños cuando estarías tan ancho solo con tus padres, que siempre pensarían que eres el mejor del mundo porque no tendrían con quien compararte? Y eso por no hablar de la pasta que emplean en la educación de tus hermanos y que podrían invertir en tu felicidad...

(AUNQUE, POR OTRA PARTE, ES CIERTO QUE ERES LA MEJOR)

Mi padre no se entera. Precisamente el día de tu cumple es el único en que mola ir al cole, porque

muy, muy mal tienes que hacerlo para no ser el más popular de tu clase. Además, ahora ni siquiera hay que aguantar las estúpidas coronitas que te ponían en Infantil

¿A ti no te pasa?, ¿nunca consigues ser el más popular? Tranquilo, **YO VOY A ENSEÑARTE.** Solo tienes que seguir unos sencillos consejos.

CONSEJO 3:

CREA UN POCO DE INTERÉS POR TU CUMPLEAÑOS.

Es importante **crear expectativa**, no es lo mismo que llegues y que ya sea tu cumple, así, de sopetón, que tirarte un par de semanas avisando de que llega. Aunque sin pasarte, no seas como **Pollo**.

Pollo está como una cabra, es el payaso de clase y el tío con las ideas más ocurrentes y absurdas del mundo. En realidad se llama Álvaro, pero a él le gusta que lo llamemos Pollo y siempre se presenta así. Es mi mejor amigo chico.

Cada vez que Emilio, nuestro profe, hace una pregunta (una de esas interesantes, tipo «dime verbos de la tercera conjugación», «define tal cosa», «qué fracción es mayor», «describe el ciclo del agua...»), Pollo levanta la mano voluntario.

–Pollo –le dice Emilio, mosqueado, sospechando lo que le espera.

—Ahora mismo *no tengo ganas de pensar* —responde—, pero quiero aprovechar que tengo la mano levantada para recordar que solo quedan 6 días para mi cumple.

Y, claro, **todos nos partimos de risa;** todos menos Emilio, que, como es profesor, no se ríe de nada gracioso, y le pone un montón de castigos.

Lo castiga tan a menudo que ya tiene dos frases preparadas para que las escriba: «No interrumpiré el normal discurrir de la clase con mis tonterías» y «Si sigo así, de mayor seré un cazurro y terminaré fregando los retretes de mis compañeros, esos que ahora se parten conmigo».

Siguiente consejo:

CONSEJO 4:

LLEVA ALGO REALMENTE GUAY PARA REPARTIR A LOS DEMÁS EN CLASE.

Ya sabes cómo funciona: suena el timbre para ir al recreo y el profe grita:

«Esperad un minuto, ahora ____________ (poner el nombre del que cumple) os va a repartir **ALGO».**

Y ese **algo** es la cuestión: los populares siempre llevan **ALGO** rico, tipo Lacasitos, huevos Kinder, chuches, minibolsas de patatas fritas..., pero el *algo* en el que ha pensado tu madre nunca, nunca jamás es bueno.

El problema es que, en cuanto llega tu cumple, tu madre se pone automáticamente en **modo ahorro**.

{Justo lo contrario de lo que le ocurre cuando llega su cumple y empieza con que se va a comprar algo chulo, que se merece un premio o que se va a dar un capricho.}

Y por un capricho entiende cosas rarísimas como pincharse agujas en las piernas para quitarse la celulitis. ¿¿¿Agujas en las piernas??? Como dice mi padre: «Eso te lo hago yo gratis en casa...».

El **modo ahorro** consiste, básicamente, en intentar gastarse ***la menor cantidad de pasta posible,*** y eso afecta a tu regalo, las invitaciones, la celebración...

Así que cuando le dices que hay que llevar algo al cole, ella empieza a pensar en qué es lo más barato y se le ocurren cosas extrañísimas: «¿Y si les haces un dibujo de esos tuyos tan chulos...?».

> Con «esos dibujos tan chulos» se refiere a los **chibis,** unos muñequitos adorables que hago yo misma y que he puesto por todo el libro. Si quieres aprender a dibujarlos, solo tienes que entrar en mi blog: consejosparasobrevivirenelcolegio.com

Me dan ganas de responderle: «Tan chulos y tan gratis, ¿no?», pero me lo callo para que no se enfade. Al final, siempre, siempre se le ocurre lo del birrioso puñado de **caramelos de menta.**

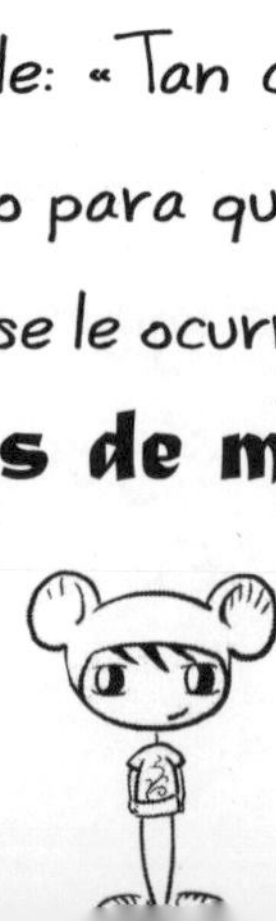

Lee atentamente:

CONSEJO 5:

ELIGE BIEN: NADIE (NI LOS RARITOS) QUIERE UN PUÑADO DE CARAMELOS POR TU CUMPLEAÑOS.

Ol-ví-da-te, hay que conseguir algo rico y, lo más importante: siempre tiene que **sobrar,** hay que conseguir cinco o seis de más.

Normalmente no es fácil, porque, a esas alturas, cada céntimo que se gasta es un dolor. Convéncela como sea para que los compre; si hace falta, dile que hay niños de intercambio. Eso siempre cuela.

Esos cinco o seis que sobran son la diferencia entre ser un triste pringado o **ALGUIEN POPULAR.** Si has llevado algo rico, enseguida se correrá la voz en el recreo y habrá un montón de gente de otras clases que irá a buscarte: ¿te sobra alguno?, ¿te sobra alguno? Sobre todo si te esperas a después del comedor, cuando todo el mundo está muerto de hambre porque pasa de comerse las asquerosidades que ponen.

Otro consejo fundamental es:

CONSEJO 6:
CELEBRA EL CUMPLE EN UN SITIO GUAY.

En cuanto la gente se entere de que lo haces allí, todos van a querer que los invites. Si te lo montas bien, no solo te **harán mogóllon la pelota,** además podrás usarlos de esclavos a tus órdenes un par de semanas..., hasta que repartas las invitaciones y ya quede claro quién va y quién no.

¿Aún tienes dudas? No pasa nada, al final de este libro he puesto los **10 MANDAMIENTOS IMPRESCINDIBLES QUE TODOS DEBEN OBEDECER EL DÍA DE TU CUMPLE.**

No solo debes leerlos y aprendértelos de memoria (mejor que si fuesen los ríos de España para el examen de Cono), además, gástate un poco de pasta, haz unas fotocopias y repártelas entre los que creas que pueden amargarte el cumple:

HERMANOS, PADRES, ENEMiGOS, AMiGOS...

CAPÍTULO 2

la lista de invitados

Como ya te he dicho, el mundo está muy mal organizado. Lo lógico, **LO LÓGICO** es que el cumple de los demás sí que sea una vez al año, pero el tuyo debería ser..., no sé, por ejemplo, una vez al mes.

No digo cumplir los años una vez al mes, tampoco hay que pasarse (te plantarías en 300 años enseguida...), mejor algo así como un cumplemés o mejor **UN CELEBRAMÉS.**

En fin, que ya que solo puedes celebrar uno, ten en cuenta el siguiente consejo:

CONSEJO 7:

¡NO SEAS VAGO! CÚRRATE UN POCO LA PREPARACIÓN DE TU FIESTA DE CUMPLE PARA QUE SEA ESPECIAL

Lo primero es hacer la lista de invitados con tiempo.

Yo empiezo el 1 de agosto porque... ¡¡¡me abuuuuurro!!! Todos se han marchado a la playa o al pueblo y la ciudad es un desierto. Solo quedamos mi familia y yo. No exagero. Bueno..., mi familia, yo y los chinos de la tienda de debajo de casa.

En la lista únicamente apunto a la gente imprescindible (a mi madre se le ha metido en la cabeza que invite a pocos). Esta es una de esas manías de madre que no se entienden: ¿por qué invitar a unos pocos si es más divertido cuanta más gente tienes al lado diciéndote lo guay que eres y pegándose por darte su regalo primero?

LISTA DE INVITADOS IMPRESCINDIBLES PARA MI CUMPLE:

-Marina (mi mejor amiga)
-Hugo (mi novio)
-Pollo
-Pablo Martínez
-Julia
-Jorge
-El Nuevo
-Marta
-La otra Marta
-Mario
-Laura
-...

Como la fiesta de cumpleaños supone **gastar pasta** y eso siempre es un «tema delicado», es mejor poner a tu madre de buen humor antes de empezar a hablar. ¿Cómo conseguirlo? Está claro: utilizando una **estrategia.**

Hay una que nunca falla, yo la llamo «adelgazamiento instantáneo»: tu madre siempre pica cuando te quedas mirándola y le dices que esta vez el régimen sí que funciona y que está más delgada (aquí tampoco te pases, que lo notaría).

En fin, que podría usarla, pero como no tengo ganas de mentir, elijo combinar dos estrategias infalibles:

AYUDA GRATUITA EN LAS TAREAS DEL HOGAR

+

MUÉSTRATE COMPRENSIVA

Después de comer me pongo a recoger la mesa y, por si acaso no es suficiente, empiezo a vaciar el lavavajillas (lo del lavavajillas es solo para casos extremos, tampoco es cuestión de darte una currada).

–¿Vas a pedirme algo, Sara? –pregunta mi madre, sorprendida.

–¿Pedirte...? –respondo haciéndome la tonta.

–Como te veo tan dispuesta a ayudar...

Se ha dado cuenta. Cuidado. Las madres son muy listas para estas cosas, bueno, o son muy listas o tienen un radar que pita avisándolas: **«PI, PI,** tu hijo está intentando colártela, **pi, pi,** tu hijo está intentando colártela, **pi, pi...»**. Ten en cuenta que:

CONSEJO 8:

SI TU MADRE SOSPECHA QUE LA AYUDAS PARA PEDIRLE ALGO, ES MEJOR QUE NO SE LO PIDAS.

Es un error gordísimo.

Fastídiate, ya habrá otra ocasión mejor. Eso es lo más lógico, pero, como a veces no sigo mis propios consejos y tengo tantas ganas de empezar a llamar a mis amigos..., me arriesgo y, a la desesperada, uso la estrategia del «adelgazamiento instantáneo».

–Jo, cómo se nota que esta vez el régimen funciona...

Mi madre me mira muy seria.

–Vale, de verdad, **¿qué quieres, Sara?**

Me siento acorralada. Han fallado todas las estrategias. Encima está claramente enfadada. Ni de broma voy a decirle lo del cumple. Pero Raquel decide abrir su bocaza.

Raquel, por si no lo sabes, es mi hermana de siete años. Solo tiene una meta en esta vida: fastidiarme, así que siempre, siempre, hace mogollón de cosas a posta.

–Sara ha hecho **la lista de invitados** para su cumple –chilla mientras se saca del bolsillo mi lista y la agita como una bandera.

No me lo puedo creer, ¿cómo la ha encontrado-oooooo? No lo entiendo, porque la había escondido dentro del libro de Mates. ¡Por favor!.., ¿quién es tan idiota como para abrir un libro de Mates en verano?

–Pero si aún **falta un mes...** –protesta mi madre mirándome.

Ni caso. Las madres no se dan cuenta de las cosas fundamentales: ¡¡les parece más importante que no haya diez camisetas encima de la silla de tu habitación que la celebración de tu cumple!!

—Me he esforzado muchíííísimo para que sean muy pocos —le explico para alegrarla.

—**¿Cuántos?**

Le quito la lista a Raquel (aprovecho para meterle un empujón contra la lavadora, evidente) y cuento: uno, dos, tres, cuatro..., veintiuno... Bueno, igual no me he esforzado tanto como creía...

—¡¡¡Veintiuno!!! Eso es imposible, no nos caben tantos en casa...

¡¡¡Un momento!!! **Stoooooop.**

¿Has oído lo que acaba de decir?, ¿¿¿en casa??? Recuerda mi siguiente consejo...

CONSEJO 9:

JAMÁS, JAMÁS, CELEBRES EL CUMPLE EN CASA. JAMÁS.

Eso solo es aceptable cuando tienes cinco o seis años y todavía crees que un peluche con olor a fresa es el mejor regalo del mundo, pero no a los 12.

Si alguien lo descubriese, sería tu ruina social, pasarías al máximo nivel de pringado.

—¡¡¡No, no, no, en casa no puede ser!!!

—Ah, ¿no? ¿Y dónde has pensado?, ¿en el palacio de Buckingham?, ¿**Eurodisney** te parece suficiente?

(MAL, MAL, MAL, cuando tu madre empieza a usar la ironía se prepara una gorda)

(no sé qué ha podido fallar... Mi plan era ESTUPENDO)

—Bueno..., no sé..., a lo mejor...

CONSEJO 10:

DISIMULA, QUE NO SE NOTE QUE LLEVAS SEMANAS PREPARANDO TU CUMPLE.

—Supongo... que estaría bien hacerlo en el...

Láser Plus Que Te Pasas.

—¿En el qué...? —mi madre no lo ha entendido.

—Donde lo hacen todos los populares —le responde la idiota de mi hermana. Le clavo fuerte el codo—. ¡Ay!

—¿De qué conoces tú ese sitio? —me pregunta mi madre, mosqueada.

—No sé, se lo habré oído mencionar a alguien..., no me acuerdo...

Claramente estoy mintiendo. **¿QUIERES SABER LA VERDAD?** Para eso es necesario que hagamos un ...*regreso al pasado.*

CAPÍTULO 3

Regreso al PASADO

Para que te sitúes, te diré que solo hay que volver atrás unos meses: estamos a 19 de febrero, es la semana de carnavales y solo faltan tres días para el cumple de Rebeca, el día 22, o «los dos patitos», como va diciendo ella continuamente.

Rebeca es mi superenemiga. Si los diccionarios llevaran foto, al lado de la palabra arpía aparecerían las caras de Rebeca y de Vicky, su amiga del alma. Son unas pijas, así que básicamente tienen **TRES PREOCUPACIONES:**

1. Llevar el pelo perfecto.

2. Que nunca se les acabe el *gloss* de labios.

3. No pensar mucho para que no se les gaste el cerebro.

Visten ropa súper, superajustada de **megamarcas** y se ligan a todos los chicos. Son de las que todavía creen que los unicornios existen y hacen listas con las preguntas que les harán cuando los encuentren. **No te digo más.**

La tía tuvo suerte hasta para nacer, ya que el 22 de febrero está lo suficientemente alejado de Reyes como para que te hagan dos regalos y aún falta para que te den las notas del segundo trimestre (que nunca se sabe...). Encima, su cumple este año es el día de los disfraces en el cole. ¡¡¡Va a ser la más popular la tarde de los disfraces!!! ¿Puede haber un día mejor? Recuerda:

CONSEJO 11 (DESDE EL PASADO):
PÍDETE NACER CERCA DE CARNAVALES.

Como te decía, solo **QUEDAN TRES DÍAS** para su cumple. Hace cuatro grados bajo cero; tanto frío que si se te cayera un moco, formaría una estalactita en tu nariz; la fuente del patio da cubitos directamente y el cemento es una pista de patinaje sin barreras (sí, aquí en los bordes también hay manchas rojas y no son de pintura). No nos han dejado quedarnos calentitos en clase **Y NOS HAN OBLIGADO** a salir al recreo. Les ha costado un buen rato «convencernos», algunos se agarraban tan fuerte a las puertas que el conserje ha tenido que ir a por las tijeras de podar para amenazarlos con cortarles los dedos.

Nos sacarían al patio aunque estuviese cayendo el diluvio universal. Ya sabes:

-NIÑOS = -TRABAJO

-Salid a que os dé un poquito el aire -dice Emilio-, que es muy sano.

-Que somos niños, **no pingüinos** -responde Pollo-. Además, si es tan sano.., ¿por qué vosotros os tapáis con mantas y nos vigiláis a través de los cristales del vestíbulo?

Por lo visto hay mogollón de cosas que no son igual de sanas para los niños que para los adultos: el aire fresco, la «comida» del comedor (lo pongo entre comillas porque llamar a eso comida...), dar cuarenta vueltas seguidas al patio con la lengua fuera en Educación Física...

A pesar del frío, Rebeca y Vicky se pasean con el abrigo abierto para que todo el mundo pueda ver lo estilosas que van vestidas (no sé cómo consiguen no helarse, fijo que al quitarse el pijama por la mañana se frotan el cuerpo con **anticongelante**).

Todo el colegio sabe que faltan tres días para el cumple de Rebeca, porque ella pone en práctica el CONSEJO 3, el de crear interés. Este año ha utilizado a Pollo y sus camisetas...

SUPERPARÉNTESIS

Lo de las camisetas de Pollo merece una explicación:

Como está pirado (tendría que llamarse Cabra en vez de Pollo), en Reyes se pidió cien camisetas y un vale para poder imprimir en ellas lo que le diese la gana. Dijo que si él no es como todo el mundo, no tiene por qué vestir como todo el mundo.

Así que Pollo piensa frases, por ejemplo, con la manía que les ha dado de sacarnos al patio a congelarnos: «Si queréis matarnos, hay métodos menos crueles», y yo le dibujo chibis gratis. Mis **chibis** todavía no son muy famosos, pero espero hacerme rica con ellos, y una buena manera de conseguir publicidad son las camisetas de Pollo (hace tales barbaridades que cualquier día saldrá en la tele mientras lo detiene la poli).

Desde hace 15 días, Pollo lleva **ESTA CAMISETA:**

La frase es de Rebeca, evidente, y el número va cambiando cada día: 15, 14, 13, 12...

Con la camiseta, Pollo **parece una morcilla,** porque para que se vea todo el tiempo y haga más efecto la lleva puesta encima del abrigo, así que va tan apretado que casi no puede respirar y se está poniendo morado.

Rebeca ha repartido todas las invitaciones menos una, y la lleva en la mano para que todos podamos verla. Y ese es el problema: **la invitación.**

Te juro que hay gente que mataría por esa invitación. No exagero. La gente se esfuerza mogollón: Pablo Plasta se tira delante de los charcos para que Rebeca pise encima de él y no se moje las zapatillas de marca; Marta lleva un semana escribiéndole todos los castigos que le pone Emilio; Mario se encarga de su mochila, se la sube, se la baja y, de paso, se la lleva a casa para hacerle los deberes; Pollo con lo de las camisetas especiales...

Todos los chicos quieren ir al cumple para poder estar más cerca de Rebeca porque todos los chicos están enamorados de Rebeca, y todas las chicas quieren ir porque todas quieren ser sus amigas. Encima, el *Láser Plus Que Te Pasas* es lo más. Es tan especial que tiene un detector de frikis en la entrada para que no pueda colarse ninguno.

Ya casi va a sonar el timbre, Marina y yo somos las únicas que pasamos de pegarnos por la invitación. No somos tan superficiales. Y ahora mi siguiente consejo:

CONSEJO 12 (desde el pasado):

¡¡TEN DIGNIDAD!! NO DEJES QUE NADIE TE PISOTEE COMO A UN FELPUDO.

Marina es mi mejor amiga. Es genial, es la persona que querrías que te hiciese los deberes el resto de tu vida. Sus cuadernos siempre están impolutos, no tiene errores, ni siquiera usa Tipp-Ex,

¡¡¡escribe con márgenes sin que tengan que obligarla!!! Son tan perfectos que, a veces, voy a su casa por sorpresa para ver si pillo a su madre haciéndoselos.

Lo único malo de Marina es que, como saca las mejores notas, le encanta creerse que es la más lista y que siempre tiene razón (que siempre tiene razón ella, en vez de tenerla yo, **¡¡imagínate!!).**

Total, que estamos dando saltitos tratando de no morir congeladas mientras escuchamos *Vocaloid*, música japonesa, en su móvil. Hace unos minutos que ni siento los pies (si se te hielan..., ¿te los cortan o los ponen encima de un radiador como hace mi madre con las barras de pan?) cuando ocurre algo increíble: Rebeca, Vicky, los quince admiradores que las siguen a todas partes, Pablo Plasta y Pollo van directamente hacia Diego Pinilla (también llamado «Espinilla»), el chico que Rebeca ha descubierto que me gusta y que hasta ahora era invisible para ella, y **le da la invitación.**

¿¿¿Quéééé??? Diego Pinilla está flipando (tanto que con la emoción se le junta toda la sangre en el cerebro y cae desmayado al suelo), pero yo aún más... ¿Cómo puede ser tan arpía?, ¿entrenará en casa?

–¿Has visto eso? –le pregunto a Marina.

No le da tiempo a responder porque vemos una morcilla, ¿una morcilla con pies?, que va corriendo a la canasta de básquet y trepa para tirarse de punta cabeza. Y, claro, tenemos que salir detrás para salvarle la vida.

–¡¡¡Noooooooo, Pollooooo, no te suicides, habrá **más cumpleaños!!!**

Nosotras corremos para salvarle la vida; Rebeca deja de hacer fotos con su supermóvil a Diego desmayado para empezar a fotografiar a Pollo mientras lo anima para que se tire. La muy arpía quiere tener pruebas para **el álbum de frikadas.**

¿No sabes lo que es un álbum de frikadas?, ¿no tenéis uno en tu colegio?

La idea surgió como surgen las mejores ideas: por casualidad. Estaban unos de 6.° hace años riéndose de qué era lo más friki que habían visto hacer y se les ocurrió que podrían escribir una lista y ***puntuar las frikadas.*** Pero después, como todos querían ser el que hubiese visto la mayor frikada, la gente empezó a exagerar (ya sabes cómo es eso) y tuvieron que

poner una norma: era necesario llevar una prueba de que hubiese ocurrido de verdad. Lo más fácil era una foto, y así nació el **ÁLBUM DE FRIKADAS.** Siempre es importante el siguiente consejo:

CONSEJO 13:

NO HAGAS NADA RARO DELANTE DE ALGUIEN QUE TENGA UN MÓVIL

En los puestos más bajos hay frikadas normalitas: gente que come cosas del suelo, pirados que llevan los pantalones tan bajos que se les ve la raja del culo, porrazos variados en clase de Educación Física (ayudó mucho que se les ocurriera enseñarnos a patinar), gente con restos de comida en el pelo y en la ropa al salir del comedor..., pero el primer puesto llevaba tres años sin moverse (nadie había podido superarlo: en 3.°, el último día de Educación Física, con 40 grados a la sombra, pillaron a **Pablo Plasta bebiendo agua con la cabeza metida dentro de la taza del váter** porque las fuentes estaban ocupadas y no llegaba a los lavabos), hasta que este curso Pollo ha conseguido eclipsarlo. No creas que ha sido fácil, es bastante complicado terminar en la enfermería porque te salen sin parar espaguetis con tomate de la nariz mientras juras que es un truco de magia que ha fallado... (automáticamente piensas: «¿Qué se habría sacado de la nariz si llega a salir bien...?, ¿una paella con gambas?»).

¡Mira la foto al final del libro!

Lo que para cualquier persona normal sería la **mayor vergüenza.** Pollo lo lleva con orgullo y hasta se ha hecho una camiseta:

ja, ja, ja

CAPÍTULO 4

la lista de invitados ← DE VERDAD

Volvemos al presente. **ESTAMOS EN AGOSTO.**

Como supondrás, después de lo del cumple de Rebeca, yo llevaba más de cinco meses imaginándome lo que ocurriría cuando llegase la primera semana de cole y nos encontrásemos con Rebeca y, uno tras otro, **todos** los de la clase le dijesen que mi cumple había sido el mejor del mundo, y se diera cuenta de que las únicas a las que no había invitado eran ellas. **¿Lo captas?...**

Mi plan era perfecto hasta ahora.

-Si quieres hacerlo fuera de casa, como mucho pueden ser... -dice mi madre- **CUATRO.**

-¿¿¿Quééé??? ¿¿Cuatro??

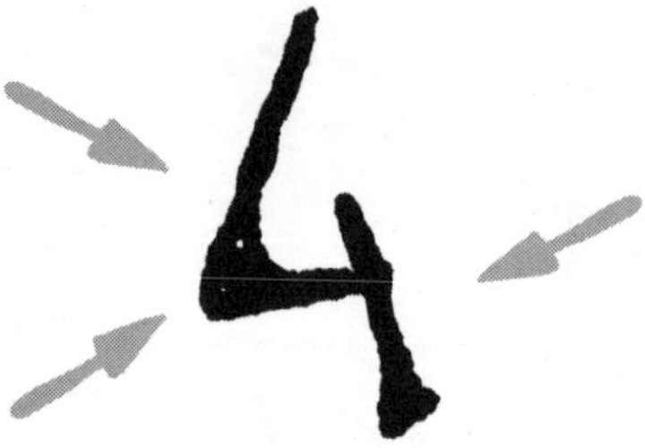

Cuatro no me sirve de nada, cuatro solo sirve, si sois patas, para sujetar una silla o una mesa. Con cuatro no voy a poder fastidiar a Rebeca. Incluso se va a alegrar de no haber ido a un cumple de cutres.

-Vale, pues cinco contándote a ti. **CINCO O NADA,** Sara, hablo muy en serio.

Voy a protestar, pero me doy cuenta de que tiene la misma cara que el día en que le cogí «prestado» el móvil y no sé cómo se me cayó un poco al suelo y se le rompió un poco la pantalla (una rajita de lado a lado que tampoco molesta tanto si te acostumbras a leer en tres dimensiones).

No hay nada que hacer. Pero, en vez de enfadarte con tu madre, que sería lo más normal, lo mejor es empezar a buscar soluciones. Y yo estoy dispuesta a todo:

—¿Y si lo pago con mi propio dinero?

(Ya te he dicho que estoy dispuesta a todo).

—¿Cuánto tienes?

CONSEJO 14:

SI NO ES BAJO TORTURA, JAMÁS CONFIESES A TUS PADRES LA PASTA QUE TIENES..

Ni se te ocurra: en cuanto lo sepan te convertirás en su banco privado. Seguro que alguna vez has tenido esta conversación:

-Anda, cariño, déjame X euros, que no tengo suelto.
-Pero... -tratas de defenderte.
-Te prometo que en cuanto cambie te los devolveré.
-Eso dijiste la última vez...
-Venga, venga, que llego tarde.
-¿Me lo prometes?
-¡Que sí, no seas pesada! Venga.

(CONVERSACIÓN AUTÉNTICAMENTE REAL SACADA DE MI PROPIA VIDA)

¿Sabes lo que viene después? ¡Efectivamente! ¡¡Que ya puedes **despedirte de la pasta** para siempre!!

-¿Cuánto tienes? -insiste.

Voy a seguir protestando cuando me doy cuenta de que en la cara de mi madre las arrugas de la frente se están poniendo muy, muy tensas y sus cejas están juntándose...

MALO. PELIGRO. PELIGRO.

Presta muchiiiiiiísima atención a la cara de tus padres, pues es la única forma que tienes de adelantarte a una bronca.

Si te fijas bien, verás que antes de estallar **siempre ponen la misma cara:** unos cierran un poco los ojos, otros aprietan los labios, a otros les rechinan los dientes, a otros se les marca la vena del cuello a punto de estallar, otros cambian de color y se van poniendo rojos, rojos, rojos y, en casos extremos (te juro que lo he visto en YouTube), incluso llegan a echar humo por las orejas.

Las caras de cabreo de los padres son como los videojuegos, tienen niveles:

Nivel 1. Cara de «esta se la carga»: baja las cejas hasta juntarlas y frunce el ceño. ¡Siempre!, ¡no falla ni una vez!

Nivel 2. Cara de «cabreo supremo»: en la que, además de bajar las cejas y fruncir el ceño, empieza a dar golpecitos con un pie en el suelo.

Nivel 3 o *game over.* Cara de «cabreo supremo que te cagas». Se distingue enseguida por los gritos huracanados y el miedo que da...

CONSEJO 15:

PARA DE PEDIR COSAS ANTES DE QUE TU MADRE LLEGUE A LA FASE DE *GAME OVER.*

Mi madre ya está en el nivel 2, así que es preferible responder.

–Tengo 27,50.

(Ya sé que 27,50 es lo mismo que 27,5, pero parece más).

¿Tú le ves la gracia por algún lado? Yo tampoco, pero mi madre se parte de risa: «Ni 30 euros», **JA, JA, JA,** «ni 30 euros», **JA, JA, JA.** Creo que yo no he pillado el chiste.

Bastante deprimida, me encierro en mi cuarto con la lista.

Solo 5. ¿Qué hago?, **¿A QUIÉN ELIJO?,** ¿qué hago? ¡Ya sé qué hacer: hablar con Marina! Lo bueno de tener una mejor amiga es que a ella le puedes contar todo lo que te pasa para que te ayude. Le escribo para explicarle lo que ha ocurrido (a ella estas cosas no le pasan porque **ES HIJA ÚNICA** y le dan todo lo que pide, así que a su fiesta fuimos 54 –invitó a gente de la que ni siquiera se sabía el nombre, solo la primera letra del apellido–; mi madre dice que a la larga no es bueno que te den todo lo que quieres, pero yo creo que mientras tanto...) y me ayuda un montón (espero que aquí tu detector de ironía pite como un loco).

Me contesta enseguida porque, aunque está en la playa, tiene un móvil con Internet (ya te he explicado que **ES HIJA ÚNICA).** Nuestra conversación es más o menos así:

Yo: Hola. ¿Qué tal?

Marina: Estaría mucho mejor si estuvieras aquí. Eres la tía más guapa, más divertida, más inteligente...

Vale, igual estoy fantaseando un poco… ***En realidad fue:***

Yo: ¡¡¡Mi madre dice que solo puedo invitar a cuatro al cumple!!!

Marina: ¡Pues uno tiene que ser Jorge!

Yo: ¿Jorgeee?

Marina: ¡Si no va Jorge, no voy yo!

Como te habrás dado cuenta por esta conversación, Marina es **muy «comprensiva»** con mis problemas.

Jorge Moliner es el rebelde de 6.° y es bastante guapo, aunque da un poco de miedo, porque pierde los nervios enseguida y es un auténtico gamberro. Es uno de esos que no puede parar quieto, que siempre está moviéndose, incluso cuando lo mandan «a ver» a la directora. Una vez, en clase, Emilio probó a atarlo a la silla, y aun así estuvo dando golpes con el pie en el suelo. Puede que no sea su personalidad, puede que sea por culpa de su adic ción al batido de vainilla (vive con una constante **sobredosis de azúcar**).

Ha hecho cosas dignas de salir en el álbum de frikadas, pero, evidente, nadie se ha atrevido a hacerle una foto y colgarla. No merece la pena morir por tan poco.

Jorge y ella son novios. Sí, ya sé que es raro. Yo los llamo cariñosamente **LA BELLA Y LA BESTIA** porque, aunque Marina no es muy guapa, Jorge sí que es muy...

En fin, que ya tengo a Marina y a Jorge, yo y evidentemente Hugo.

Hugo es mi novio (sí, has leído bien: tengo novio). Lo conocí en el campamento Happy English.

(PARA SABER LO QUE SON TENDRÁS QUE LEER MI MARAVILLOSO LIBRO 75 consejos para sobrevivir en el campamento

¡¡¡ERA EL TÍO MÁS GUAPO!!!, rubio, con el pelo de punta, ojos azules y un lunar en la mejilla izquierda, y no se parece nada, nada a Jorge. Está bien eso de tener novio; además, Hugo también le gustaba a Rebeca y se lo quité delante de sus las narices... Ja, ja, ja.

En fin, que después de hablar con Marina aún estoy peor que antes. Solo me queda una plaza...

¿¿Una??

¿A quién invito?, **¿a quién invito?**

Para resolverlo, usa este consejo:

CONSEJO 16:

ELIGE CUIDADOSAMENTE A LOS INVITADOS DE TU CUMPLEAÑOS.

Está claro que solo vas a invitar a gente que sea amiga tuya, pero, una vez dentro de tus amigos..., ¿a quién?, ¿al más alto?, ¿al más loco?, ¿a la más fea para parecer tú más guapa? Noooooo, lo último es una buena idea, pero noooooo, lo mejor es que elijas **al que más pasta se gastaría en el regalo.**

CAPÍTULO 5

Estoy estrujándome la cabeza cuando me pita en el ordenador un mensaje nuevo con una foto de Pollo. ¿Una foto de Pollo? Allí no se distingue nada, solo algo que se mueve...

Yo: ¿Qué me has mandado?

Pollo: Estoy intentando batir un récord Guinness: voy a ser el primer humano en chuparme el codo. Es casi totalmente imposible.

Tengo que decirte que Pollo no tiene las mismas metas que una persona normal de nuestra edad (aprobar todo en junio), la suya es entrar en el ***LIBRO GUINNESS DE LOS RÉCORDS*** porque está convencido de que así Rebeca caerá rendida a sus pies, y le da igual los cuatros, los castigos y las broncas por las que tenga que pasar.

¿Chuparse el codo? Ya ves tú..., ¡vaya chorrada! Una cosa es que Pollo no pueda y otra, que yo no lo consiga. No puede ser tan difícil...

Paro de contarte lo que ocurrió porque soy taaaaan lista que puedo adivinar qué es lo que acabas de hacer: ¡¡¡has soltado el libro y te has puesto a intentar lamerte el codo!!!

Si lo has hecho, lee esto:

CONSEJO 17:

NI TE MOLESTES EN INTENTAR HACER ALGO QUE UN FRIKI PROPONGA.

Te lo digo por experiencia. Yo lo intento con ganas. Se va a enterar Pollo. Estiro **MUCHÍIIIIIIIISIMO** la lengua, ¡un poco más!, ¡un poco más! (la he estirado tanto que podrían circular coches por ella), me acerco el codo con fuerza hacia la boca, ¡un poco más!, ¡ya casi!, ¡ya casi!, la lengua, el codo, empujo el hombro hacia atrás, ¡ya casi!, la punta de la lengua, el codo y...

¡¡¡Pum!!!

Me caigo de la silla y me doy un tortazo. Estaba tan concentrada que me he debido de ir inclinando poco a poco hasta...

–¿Qué ha sido eeeeesooooo? –chilla mi madre desde la cocina.

-Naaaaadaaaaaa -respondo con el mismo método.

Raquel entra corriendo en la habitación.

-¡¡¡TE HAS CAÍDO DE LA SILLA!!!

Sofía (sí, tengo otra hermana; mis padres son los únicos a los que no les pareció bastante con dos hijos) llega gateando y me señala. ¡Por favor, ¿es que en esta casa no hay ni un poquito de intimidad?!, **¿quién falta,** la vecina de abajo? Oigo que llaman al timbre. ¡¡Paso!!

-Estoy practicando el *spagat*... -miento a Raquel.

Y, rápidamente, estiro una pierna a cada lado. En cuanto se piran, vuelvo a sentarme en la silla.

Lo de chuparme el codo no lo he conseguido, pero sí un dolor tremendo en el hombro y el omoplato.

Tenía razón Emilio en que para algo me serviría aprenderme de memoria todos los huesos del cuerpo humano: ahora podré explicarle exactamente al médico de urgencias qué hueso me he dislocado.

Le contesto a Pollo a pesar del dolor: «Paso de intentar lo del codo, **ES UNA CHORRADA»**.

Porque, claro...

CONSEJO 18:

NO HACE FALTA QUE RECONOZCAS QUE NO PUEDES HACERLO TODO.

Pollo me responde: «Voy a entrenar todo el verano hasta que lo consiga».

A través de la *webcam*, veo que lleva una camiseta nueva...

En fin, Pollo siempre tan modesto...

Se pone a contarme que todo lo ha aprendido en su nuevo libro. Por lo visto, para que se estuviese quieto un rato (Pollo ni siquiera necesita batidos de vainilla; él es así), sus abuelos le regalaron al volver del campamento el libro ***Curiosidades del deporte***, y le ha gustado tanto que se ha pulido las propinas en comprarse el resto de la colección: *Curiosidades del cuerpo humano*, *Curiosidades de la alimentación*, *Curiosidades de los animales*...

Está muy motivado.

Enseñan estupideces como lo de la lengua y el codo, pero también **cantidad de cosas útiles:**

- Que la Coca-Cola era originalmente verde (bueno, esto puede que no sea muy útil si no es para jugar al Trivial, o por si tienes mucha sed y te encuentras una botella de antes de 1900, para saber que no está podrida).
- Los **elefantes** son los únicos animales que no pueden saltar (nunca se sabe si vas a encontrarte uno por la calle).
- El único **ALIMENTO** que no se estropea es la miel (que ya es mala suerte..., ¿no podían ser las patatas fritas?).
- El **cerebro del avestruz** es más pequeño que su ojo (esto sí es muy útil, porque nos permite hacernos una idea concreta de cómo está estructurada la cabeza de Rebeca).

Pollo deja de escribir para hacer otro intento codo-lengua. Se somete a un estricto programa de entreno: cada treinta minutos hace una tentativa.

Es la forma de ir ganando flexibilidad poco a poco. Y es que la clave es:

CONSEJO 19:
SI QUIERES ALGO, TIENES QUE ESFORZARTE EN SERIO.

Lo malo va a ser por la noche..., y menos mal que esta prueba es silenciosa, no como cuando quiso entrar en el **Libro Guinness de los récords** por ser el campeón de acordes de guitarra eléctrica. No lo consiguió, aunque la culpa no fue enteramente suya: sus padres lo apoyaron muy poquito, y es que los padres, en cuanto les dan a elegir entre que su hijo sea un futuro récord Guinness y no pegar ojo más de dos noches seguidas... Así que no olvides este consejo:

CONSEJO 20:
ESFUÉRZATE EN ALGO QUE SEA SILENCIOSO.

Aprovecho que no puede **escribir** y le cuento lo del cumple.

Pollo: ¿Dónde está el problema?
27,50 es un montón de pasta, con eso te sobra.
Yo: ¿Me sobra?, ¿para qué?
Pollo: Para comprar un montón de petardos, un buen cumple lo único que tiene que tener es petardos... Yo sé un sitio buenísimo...

Aquí dejo de leer. Supongo que no hace falta que te lo diga, pero por si acaso: **si tu amigo está pirado, no hagas caso de sus sugerencias.**

CAPÍTULO 6

Principalmente, hay tres tipos de promesas:

1. Las que haces para **quitarte a alguien de encima,** tipo «que sí, papá, que te prometo que mañana te ayudaré a lavar el coche».

2. Las de **QUEDAR BIEN** y que nadie espera que cumplas, como las de las despedidas. Para diferenciarlas de las otras promesas incluyen las palabras «para siempre»: «Seremos amigas para siempre» (¿para siempre?, ¡por favor, si no sé ni lo que voy a hacer mañana!).

3. Las **de verdad**, son las que haces mirando al otro a los ojos y que, aunque no lo verbalices, incluyen un «que me muera si no lo cumplo». Por supuesto, las pijas como Rebeca siempre terminan con un «te lo juro por Snoopy».

Evidentemente, cuando le haces a otra persona una promesa de las **de verdad** lo haces convencido de que vas a cumplirla (nadie quiere morirse tan joven), y eso es así hasta que... ¡¡¡intervienen tus padres!!! Pero ¡ojo!

CONSEJO 21:

TEN MUCHO CUIDADO: TUS PADRES NO ENTIENDEN EL VALOR DE UNA PROMESA DE LAS DE VERDAD.

¿Te ha pasado que le juras a alguien que vas a hacer algo y tú quieres hacerlo pero, al final, no puedes por culpa de tus padres?

(a mí continuamente)

Ellos no paran de prometerte cosas: «Como no recojas esto ahora mismo, te prometo que no ves la tele en una semana», «**Te juro** que si no te acabas el plato, te lo llevas al colegio», pero no dejan que tú prometas algo y puedas cumplirlo.

Yo les había prometido a los siete de la Comunidad del Anillo que los invitaría a mi cumple; no, no creas que estoy pirada y que había invitado a Frodo, Gandalf y demás personajes de *El Señor de los Anillos*. Noooo. La Comunidad del Anillo somos un equipo inseparable. Nos conocimos en el campamento Happy English y nuestro lema (como el de los mosqueteros) es: **uno para todos y todos para uno.**

Leo la lista de invitados definitiva:

LISTA DE INVITADOS IMPRESCINDIBLES PARA MI CUMPLE:

-Marina

-Hugo

-Pollo

-~~Pablo Martínez~~

- ~~Julia~~
- ~~Jorge~~
- ~~El Nuevo~~
- ~~Marta~~
- ~~La otra Marta~~
- ~~Mario~~
- ~~Laura~~
- ...

¡¡¡Me dan ganas de llorar!!!

–Les había prometido que los invitaría –intento razonar con mi madre.

–Bueno, no pasa nada, ahora les dices que no.

¿Ves? Lo que te decía: a tus padres les da igual que arriesgues tu vida incumpliendo una promesa, sobre todo si tienen dos hijas de repuesto.

Empiezo hablando con **JULIA.** Julia es una **empollona** y le tiene alergia a casi todo, aunque no es un problema para ella, porque le ha encontrado el lado bueno y se libra de lo que no le apetece. Para que te hagas una idea de cómo es, te diré que si juntasen a todo el colegio en el patio y nos enseñasen una herida con sangre, Julia sería la primera en desmayarse. Claro que también es la que más posibilidades tiene de acabar siendo multimillonaria o presidenta de mayor.

Le cuento lo del cumple, mi madre, la pasta... y ¡¡¡por fin!!! alguien me da **una idea útil.**

Julia: ¿Por qué no utilizas el *crowdfunding* y así puedes invitar a quien quieras?
Yo: ¿Qué pasa?, ¿se te han enredado los dedos en el teclado?

Por lo visto, Julia quería escribir exactamente esa palabreja. CROWDFUNDING consiste en buscar patrocinadores que te den pasta para poder hacer lo que tú necesitas: montar una obra de teatro, hacer un viaje al Himalaya, publicar un libro, celebrar un cumple...

Voy a explicarte con un dibujo lo que Julia me contó:

1 Tú invitas a quien te da la gana a tu cumple: uno, dos o...

2 En vez de regalarte una parida (te recuerdo que el regalo lo eligen sus madres después de hablar con tu madre y que ella les «sugiera» qué prenda de ropa necesitas), cada uno le da a tu madre la pasta que iba a gastarse, con la excusa de que ella va a comprarte algo en nombre de todos.

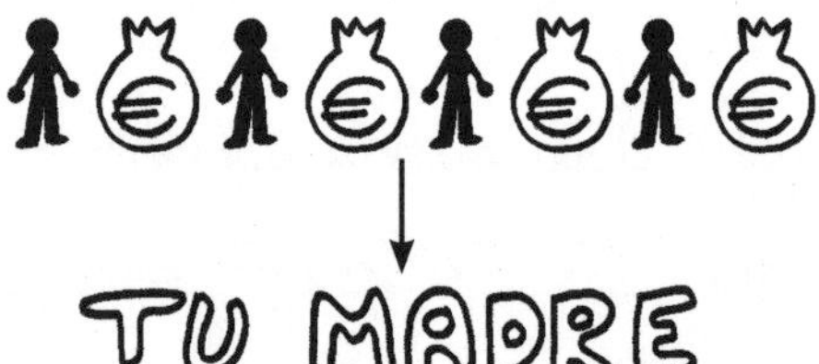

3 Tu madre paga el cumple con ese pastizal.

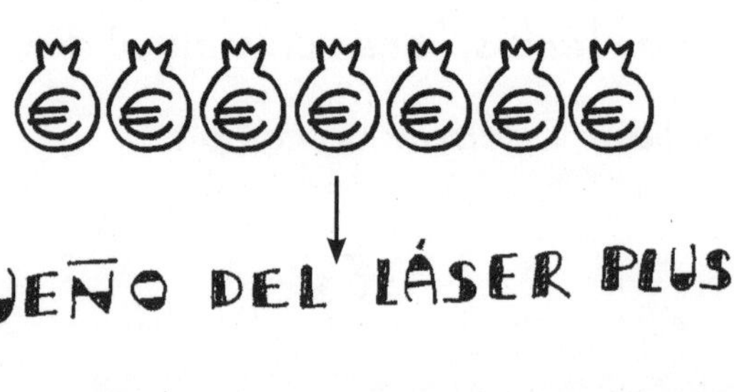

¿Lo has entendido? Más te vale, porque el consejo más útil de todo el libro es el 22.

CONSEJO 22:

UTILIZA EL *CROWDFUNDING* PARA CELEBRAR TU CUMPLE DONDE TE DÉ LA GANA.

Solo le veo una pega, una **pega enorme:**

Yo: Y... ¿cómo convenzo a mi madre?

No sé si es porque su padre es abogado, pero Julia tiene respuesta para todo. Es tan lista que da miedo: si ella escribiese este libro, fijo que en vez de **75** consejos tendría **550,** aunque no serían tan buenos ni tan graciosos, evidente.

Nota para mí misma: sacarle a Julia consejos para ponerlos en mi maravilloso libro, pero sin que se dé cuenta, no vaya a pedirme pasta.

Julia: ¿Cómo crees que Víctor y Daniel consiguieron celebrarlo en el Láser Plus?, ¿de verdad crees que con la pasta que les dimos sus madres les compraron una *tablet*?, ¿la has visto alguna vez?

Si la tuviese delante, le plantaría un par de besos. No exagero. Acaba de darme **la solución,** porque lo que odian las madres es ser las primeras en hacer algo (pasan de que las demás las critiquen), pero... ¿cómo va a negarse si ella ya les ha soltado pasta a otras madres para que hagan lo mismo? Así que...

CONSEJO 23:

SI QUIERES CONVENCER A TU MADRE DE ALGO, UTILIZA LA ESTRATEGIA DE «AHORA LO HACE TODO EL MUNDO».

La estrategia de «ahora lo hace todo el mundo» consiste, como su propio nombra indica, en decirle despacito que **«a-ho-ra lo ha-ce to-do el mun-do»,** y en ponerle algún ejemplo para que vea que no te lo estás inventando (y si te lo estás inventando, entonces invéntate también los ejemplos: evidente). Lo importante es sembrar la duda.

Si todavía no la ves convencida, añade la estrategia de **«van a pensar que estás desfasada».**

O, mejor, asegúrate el éxito usando ambas:

VAN A PENSAR QUE ESTÁS DESFASADA + AHORA LO HACE TODO EL MUNDO

Suspiré más aliviada que cuando Emilio me dijo que me aprobaba las Mates con un 4,60 (¿ves como parece más que un 4,6?).

CAPÍTULO 7

CONVENCER A TU MADRE

Ha empezado la cuenta atrás: 24, 23, 22, 21..., 18..., **15.**

Solo faltan 15 días para mi cumple y, al fin, mi madre ha terminado su **«ronda de consultas».** Una ronda de consultas es lo que hacen las madres cuando no están seguras de algo. Consiste en llamar a sus 80 mejores amigas para pedirles opinión. Importante:

CONSEJO 24:

TEN PACIENCIA Y NO PRESIONES A TU MADRE.

Es un proceso muy complicado (más que elegir Papa, porque para eso, al menos, se encierran en una misma habitación), y por eso mi madre ha tardado **9** días enteros en terminar. Voy a tratar de explicártelo: tu madre empieza llamando a la **primera amiga.**

Y con lo que le dice esta amiga llama a **la segunda amiga.**

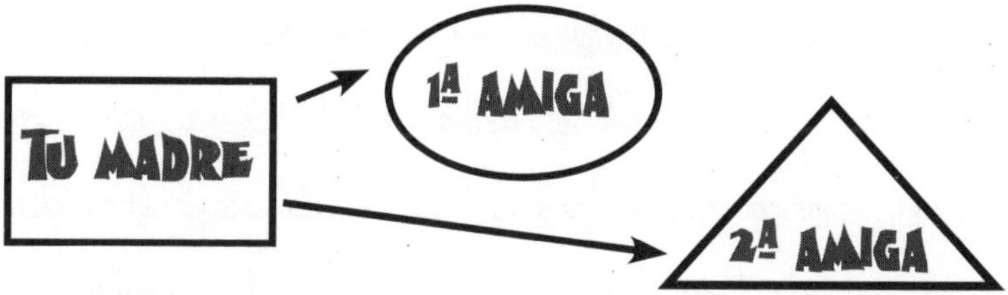

Después tiene que **volver a llamar** a la 1.ª amiga, para decirle lo que opina la 2.ª por si eso le hace cambiar de idea (a veces no puede, porque la 2ª amiga está hablando mientras con la 1ª):

Ahora imagínate esto cuando son seis o siete amigas...

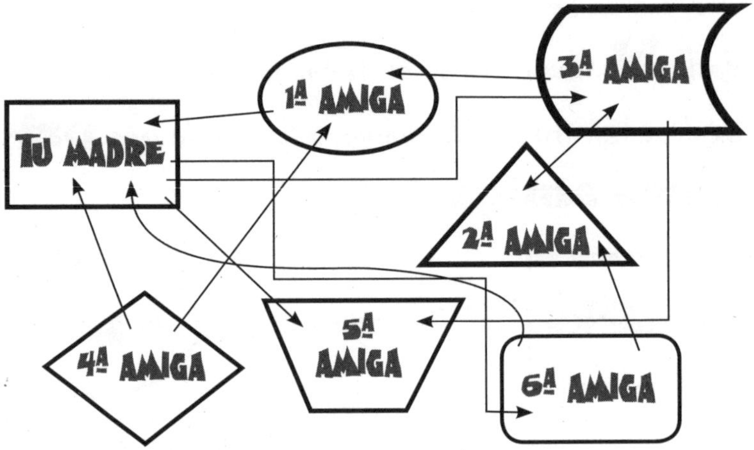

Mi madre entra corriendo en el salón.

Las madres siempre tienen prisa, ¿te has dado cuenta? Ellas no se levantan de la cama, ellas se tiran... Entra diciendo sus dos palabras preferidas (en realidad es una, pero siempre la repite dos veces):

-Venga, venga.

Si le diesen un céntimo cada vez que la dice, viviríamos en un palacio, iríamos al cole en avión privado (esto molaría mogollón) y no tendríamos que volver a trabajar nunca, jamás, nadie en mi familia, de ricos que seríamos.

–¿Por qué tenéis la tele tan alta? –pregunta mi madre–. Dadme ahora mismo el mando, **venga, venga.**

–La ha encendido Sara, así que lo tiene ella –miente Raquel.

A Raquel se le da genial lo de soltar mentiras.

–Yo no lo tengo –protesto.

–Búscalo, Sara. **VENGA, VENGA.**

–Pero si no lo tengo, en serio. Seguro que lo tiene Raquel.

–Venga, venga, Sara.

(esta breve conversación sirve de ejemplo de lo de mi madre y el «venga, venga»)

Seguro que la culpa es de Raquel, ¿puede ser más injusta la vida? Empiezo a buscar por los sofás, **nada;** entre los cojines de los sofás, *nada;* por debajo de los sofás, ***nada*** (aunque encuentro el

boli rojo que llevo buscando una semana y el cargador del móvil, que estaba segura que me había robado Raquel); en el montón de papeles y revistas de la mesa, nada; en...

Suena el teléfono y mi madre sale corriendo a cogerlo; yo cruzo los dedos para que no sea alguna de sus amigas, que ha cambiado de idea.

–Venga, venga, Sara, búscalo –dice la imbécil de Raquel imitando a mi madre.

Alargo el brazo para meterle, pero es muy rápida. Se levanta de un salto y... se le cae el mando.

¡¡¡Lo ha tenido escondido todo el rato!!!

¿¿¿TE LO PUEDES CREER???

Y claro, aunque yo odio la violencia, no me queda más remedio que soltarle una patada. Ella se propulsa hacia delante, escapa a mi pie y se estampa contra la esquina de la mesa. ¡¡¡Plaf!!! Toma ya.

La tía, que es una exagerada, empieza a chillar y a llorar como si le estuviese clavando cuchillos por todo el cuerpo y, evidente, acto seguido entra mi madre corriendo. Automáticamente se ha puesto en nivel 3 o «cabreo supremo que te cagas», saltándose los otros dos.

—¿QUÉ PASA AHORA? —chilla mientras empieza a mover las manos, y entonces explota.

Aquí tenemos que agarrarnos al brazo del sofá, porque sus gritos huracanados nos levantan por los aires (no exagero).

—¿Qué pasa?, ¿eh?, ¿qué pasa? ¡¡Es que ni siquiera puedo hablar un minuto tranquila!! ¡¡Es que es coger el teléfono y empezar a pelearos!!

—Me ha pegado —dice Raquel llorando.

¿¿¿Quéééééé???

Ten siempre a mano este consejo:

CONSEJO 25:

BUSCA RÁPIDAMENTE UNA EXCUSA PARA DEFENDERTE DE LOS ATAQUES DE TUS HERMANOS.

-¡¡¡Es mentira!!!

Además, ahora es verdad que es mentira: se ha pegado ella sola, yo no he llegado a tocarla.

-Mamá, me duele mucho -sigue llorando la muy traidora, y le enseña la herida que se acaba de hacer en la pierna. Qué tía, ¡¡¡hay algo rojo y todo!!!, (¿tendrá un bote de kétchup escondido en el sofá?).

-**Ha empezado ella** -trato de defenderme.

Y este es el momento que mi madre elige para soltar **la peor frase del mundo.** ¿Que cuál es? Voy a necesitar un paréntesis para explicártelo detalladamente. Lo primero es establecer un *ranking* de peores frases del mundo.

RANKING DE
PEORES FRASES DEL MUNDO:

- En el **puesto número 6:** «¿Alguna vez harás algo a la primera sin que tenga que repetírtelo mil veces / chillarte?» o «Si alguna vez obedeces a la primera, te doy un premio», que luego es mentira, porque yo lo hice una vez y cuando le pedí el premio respondió que no, que era una frase hecha.

– En el **PUESTO NÚMERO 5:** «Me da igual, te lo tienes que acabar todo». Esta te la puede decir indistintamente un monitor de comedor, un padre, una abuela... A esta frase también unen: «Lo que no te comas ahora, te lo pondré para cenar» y «... o te vas con el plato al colegio».

– En el **puesto número 4:** «Tú puedes hacerlo mucho mejor», que te sueltan aunque te hayas esforzado a tope.

– En el ***puesto número 3:*** «Es que ella es mucho más madura que tú». Esta sirve para no comprarte o no dejarte hacer lo que quieres y que todos los demás de tu edad hacen.

– En el ***puesto número 2:*** «Te la has cargado, te voy a castigar sin (aquí pon lo que más rabia te dé, sin móvil, sin ordenador, sin consola...) durante un año».

– Y en el **puesto número 1,** tachán, tachán, la peor frase del mundo con diferencia: «Tú eres la mayor».

Cuando te dicen «tú eres la mayor» no se refieren a que has nacido antes que tus hermanos, nooooooo. Lee mi siguiente consejo:

CONSEJO 26:

APRENDE A TRADUCIR LAS COSAS QUE DICEN TUS PADRES.

Tú eres la mayor, en realidad, significa dos cosas a la vez:

1. FASTÍDIATE
2. LA CULPA ES TUYA = TÚ ERES EL RESPONSABLE

Es una frase que utilizan constantemente. Por ejemplo: solo queda un helado y también lo quiere Raquel, entonces te dicen: «¡Venga, Sara, que tú eres la mayor, dáselo a tu hermana!» = fastídiate.

-Ha empezado ella -trato de defenderme.

-Sara, tú eres la mayor -suelta mi madre, y se queda tan ancha.

-¿Y por ser la mayor tengo que salir siempre perdiendo? -aquí ya estoy enfadada.

- Tienes que cuidar a tu hermana.

(otra de sus frases gloriosas)

-Pero...

-Desde luego, contigo no hay manera. Además, yo venía a decirte que sí que haremos el cumple en un Paintball.

(otra, por lo visto hoy va a usar todo un repertorio)

¿Lo has oído?

¡¡Bien, bien, bien, bien!!, empiezo a saltar de alegría. ¡¡Bien!!

—Y no en un *paintball* cualquiera, no. He pensado reservar en el **Paintball Plus Élite.** Aunque..., claro..., ahora no lo sé..., portándote así... —dice.

Pero da igual lo que diga, porque solo lo hace para **CHANTAJEARME EMOCIONALMENTE.** Es algo que usan los padres para intentar que te portes bien por la jeta, sin necesidad. Así que:

CONSEJO 27:

NO CAIGAS EN EL CHANTAJE EMOCIONAL.

Hay que ser como la mafia: no dar las cosas gratis.

¿De verdad crees que va a anular el cumple a estas alturas? **Noooooo.**

Si ya se lo ha dicho a las otras madres, muy, muy mal tienes que portarte (tipo pegarles fuego

a las cortinas, tirar comida contra el techo...) para que las llame y suspenda el cumple. Si las llama, tendrá que explicarles que te ha castigado porque te has portado fatal, y cuando una madre dice: «Mi hijo se ha portado mal», por algún proceso que no sé cómo funciona, las otras madres entienden: «Sí, soy lo peor, he educado tan mal a mi hijo que no tengo ningún control sobre él». Y eso es algo que ninguna madre quiere que las demás piensen de ella.

Sigue la cuenta atrás: 14, 13, 12..., 3, 2..., 1:

MAÑANA ES MI CUMPLE.

Es el último día para dejar todo preparado.

Me he tirado toda la semana pegada a la pantalla del ordenador mirando en Internet las fotos del **Paintball Plus Élite.** Es una auténtica pasada. Tiene un bosque con puentes colgantes, vagonetas de madera como en una mina, lianas, un par de refugios antiaéreos...

También me he dado una currada dibujando **chibis personalizados** para cada uno de mis invitados, para que tengan un recuerdo (y de paso me hagan un poco de propaganda).

Estoy imprimiendo un montón de copias de los **10 mandamientos imprescindibles,** cuando me llega un mensaje de Marina.

Marina: ¿Qué tal? ¿Estás nerviosa?
Yo: Qué va, nada de nada...

Miento, evidente. Esta mañana me temblaban tanto las manos que me ha tenido que sujetar el vaso de leche mi hermana Sofía (te recuerdo que tiene dos años, así que imagínate).

Marina: Tengo una sorpresa por adelantado. Mira en el bolsillo izquierdo de tu mochila.

¿La mochila?, ¿¿la mochila?? ¿Qué hice yo en junio con...? Entonces tengo una visión: mi madre chillándome que era la última vez que me decía que recogiese la mochila, que si creía que le iban a salir patas e iba a guardarse sola, y yo abriendo el armario y tirándola al fondo, entre los abrigos.

Efectivamente, no le han salido patas y no se ha movido del armario.

Meto la mano en el bolsillo. Saco un paquetito envuelto en papel de regalo y le sacudo las migas de bocadillo y los trozos de mina. **¡¡Es mi primer regalo!!** Rompo corriendo el papel. No me lo puedo creer..., son..., son... ¡¡¡los pendientes que vimos en la tienda de al lado del cole!!! Unas preciosas bolitas de cristal que cambian de color según cómo les da la luz. **Ay..., si es que...**

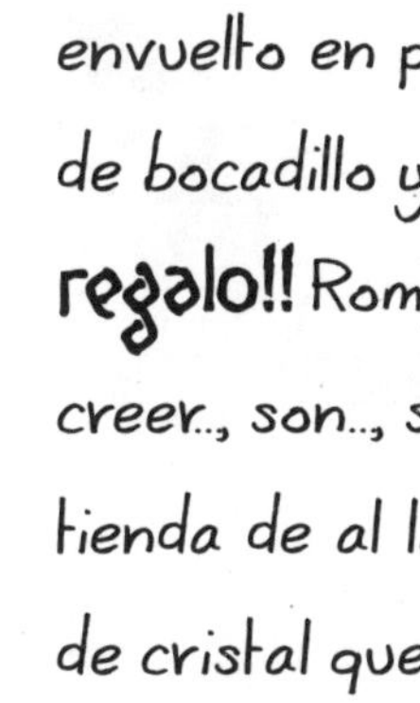

CONSEJO 28:

SI NO TIENES UNA MEJOR AMIGA HAZTE UNA YA.

Marina: ¿Te gustan?
Yo: ¿Estás de broma? ¡¡Me encantan!!
Gracias, gracias, gracias, gracias.
Marina: Nos vemos mañana. Un besito.

¡Tengo la mejor, mejor amiga del mundo!

CAPÍTULO 8

LOS 3 ATAQUES

Empieza el mejor día del año: **25 DE AGOSTO.**

Me despierto porque suena el despertador. Sí, podría haberme quedado durmiendo hasta las mil, pero hoy es el único día del año en que dormir no es la mejor opción. Toma nota: en el día de tu cumpleaños:

CONSEJO 29:

MADRUGA. HAY QUE APROVECHAR CADA MINUTO.

Levanto la persiana con energía y... **¿¿¿aún es de noche???**

Miro la hora: **las 6.00.** Bueno, igual he exagerado un poco. Voy al baño, tiro de la cadena cinco veces, entro en la cocina, abro el grifo, muevo los vasos, ando por el pasillo arrastrando los pies... Nada, solo se oyen los ronquidos de mi padre, que asegura que no ronca.

Me da pena despertarlos. Me vuelvo a la cama. Pasa un rato, otro rato, otro rato, ¡¡ya vale!! Voy corriendo a su cama y me tiro en plancha.

Tardan un poco en darse cuenta de que no ha estallado una bomba encima de ellos. Mi padre mira el reloj con los ojos medio cerrados.

–Sara, ¡son solo las seis y cuarto!

Antes de que siga quejándose le doy su copia de los **10 mandamientos** y le señalo el segundo: «Está prohibido enfadarse contigo y castigarte», y el sexto: «Tienen que hacerte tu comida preferida».

–¡Quiero chocolate con churros!

Y entonces sucede. Me coge totalmente por sorpresa. No puedo defenderme. Mi madre sufre un **ATAQUE DE AMOR SUPREMO.** Me llena de abrazos, mua, mua, mua, achuchones, muchos más mua, mua, mua… sin ningún control, como si necesitara gastarlos todos hoy. Mua, **mua,** mua, mua, **MUA,** mua…

–¡Ay, Sari, qué mayor!, ¡¡¡doce añazos ya!!! Si es que no me lo puedo creer…

No sé por qué dice que no se lo puede creer si esto es un ejemplo evidente de bucle temporal. El año pasado fue: «¡Ay, Sari, qué mayor, once añazos ya! Si es que no me lo puedo creer...»; y el anterior: «¡Ay, Sari, qué mayor, diez añazos ya! Si es que no me lo puedo creer...», y el anterior...

Memoriza:

CONSEJO 30:

QUE NO TE PILLEN DESPREVENIDO LOS ATAQUES DE AMOR SUPREMO DE TU MADRE.

VETE PREPARADO con un chaleco antibalas o, si no tienes ninguno a mano, ponte una almohada debajo del pijama, porque te aseguro que las madres son incapaces de controlar la fuerza de su cariño y pueden romperte algún hueso.

No consigo escapar de los **mua,** mua, **MUA,** mua, mua, mua y los achuchones, hasta que mi padre nos llama a desayunar.

Aún estoy acabándome los churros (mi padre hace los mejores del mundo) cuando llegan mis abuelos. Esta vez estoy preparada para el ataque de amor supremo. Aunque no lo parezca, ser el protagonista absoluto también tiene un lado negativo, y es que se te activa el **imán de besos y abrazos.**

Todo el mundo siente unos deseos irrefrenables de besarte y abrazarte a ti y a nadie más que a ti. Ese día solo besan a mi adorable hermana de dos años y medio por obligación y rapidito para concentrarse en mí.

Encima, en cuanto tu madre se junta con tu abuela, enseguida empieza el terrible **ataque de recuerdos vergonzosos.**

El ataque se activa con un suspiro y las palabras «¡ay, cómo pasa el tiempo...!».

Es oír la palabra «tiempo» y seguir con el típico «aún parece que la estoy viendo cuando cumplió el primer año y...», «y cuando...», «¿y te acuerdas de cuando...?», y se lanzan a una escalada sin freno.

Es increíble: muchas veces no consiguen recordar ni lo que han desayunado, pero no se les olvida ni un solo día de esa época en la que tú aún no sabías sonarte los mocos sola.

Normalmente, incluso tu padre se anima y saca los mil quinientos álbumes de fotos, sí, esos que tú tratas de esconder porque siempre hay alguna foto tuya **EN PELOTAS.**

Todos los años sufren este ataque, es inevitable, así que mi siguiente consejo es:

CONSEJO 31:

INTENTA QUE SUFRAN EL ATAQUE DE RECUERDOS VERGONZOSOS EN CASA.

Ya es bastante malo tener que aguantarlo, así que imagínate cuando les da delante de tus amigos... ¿De verdad quieres que sepan las cosas que te pasaban mientras aprendías a hacer pis en el baño?

Les doy una hoja de los **MANDAMIENTOS** y les señalo el séptimo: «Queda prohibido avergonzarte con recuerdos».

Me da un poco de miedo que mi madre se enfade, pero una vez que entra en la fase de amor supremo no hay forma de sacarla.

–¡Ay, qué **ingeniosa** eres, Sari! –dice, y vuelta a los mua, mua, mua, mua y achuchones–, ¡si es que mi chica es más lista...! –Mua, mua, mua.

Y estos dos ataques no son los peores. Cuando crees que ya te has salvado y estás tan tranquila en el cuarto de baño tratando de quitarte las babas de tantos besos, siempre, siempre hay alguien que de repente se acuerda:

–¡¡¡Si aún no le hemos tirado de las orejas!!!

En cuanto oyen la palabra «orejas», estalla el **ataque de tirones de oreja sin control.**

Y se abalanzan sobre ti como si no hubiese un mañana. Todos tratan de ser el primero en agarrar tu pobre oreja: 1, 2, 3, 4, 5, 6... ¡Ay, ya me he perdido, da igual, vuelvo a empezar! 1, 2, 3, 4, 5, 6, 7...

Y, por si no fuese bastante con doce tirones por persona, se inventan cosas como «y otro para que seas feliz». ¿Feliz?, ¿feliz? Feliz sería si dejarais de tirarme de las orejas, te dan ganas de decirles.

Este ataque es el peor, porque es supercontagioso y tiene graves efectos secundarios: acabas convertida en Dumbo, en un elefante con las orejas rojas y palpitantes.

CAPÍTULO 9

Los abuelos

Mis abuelos me han traído MI PRIMER REGALO. Y es tan grande que casi no pueden levantarlo. Bien. Un regalo enorme siempre es una buena señal. A mí déjame de sutilezas.

De todas las cosas buenas de la vida -los helados, la tele, las consolas...-, una de las mejores son **los abuelos.**

CONSEJO 32:

PASA TODO EL TIEMPO QUE PUEDAS CON TUS ABUELOS.

Los abuelos son un **AUTÉNTICO CHOLLOOOOOO.**

Aprovecha porque tienen fecha de caducidad.

Me encanta que mi madre nos lleve a casa de los abuelos para «que disfruten de nosotros», aunque «casualmente» siempre coincide con que ellos se van de cena con sus amigos.

(espero que tu detector de ironía esté pitando como loco con las comillas)

Los abuelos son geniales porque, aunque también son padres, hace tanto tiempo que sus hijos crecieron que se les han olvidado casi todas las fastidiosas manías, reglas y órdenes de los padres de verdad.

Son padres a los que les han vaciado el cerebro de **RAYOS Y TRUENOS** y se lo han llenado de florecitas y pajaritos.

Ni siquiera se acuerdan de las órdenes en cadena.

(PARA SABER LO QUE SON TENDRÁS QUE LEER MI MARAVILLOSO LIBRO *75 consejos para sobrevivir en el colegio*)

Además, por si esto no fuese suficiente, tienen otras ventajas:

Primera ventaja: se lo creen casi todo. Hace tanto tiempo que fueron jóvenes y están tan desconectados de los avances modernos que si les dijeses que en el colegio usamos naves espaciales en vez de mesas y sillas porque es un nuevo proyecto europeo, se lo creerían. Da gusto, pero tampoco te pases con los pobres, que luego se lo cuentan a sus amigos para presumir y acaban haciendo el ridículo.

Segunda ventaja: son una fuente ilimitada de pasta. No son unos tacaños como tus padres.

Por eso este consejo es importante:

CONSEJO 33:

PIDE QUE SEAN TUS ABUELOS LOS QUE VAYAN A BUSCARTE AL COLE.

Ellos no les tienen «alergia» a las papelerías y enseguida los convences de que necesitas una nueva goma o ese boli tan chulo que anuncian en la tele (y que, por supuesto, tiene Rebeca). Y una vez que consigues meterlos en la papelería y sacan el monedero... Allí el límite es tu imaginación.

Tercera ventaja: son los únicos capaces de enfrentarse a tus padres y librarte de una bronca o un castigo. Se llama cadena de mando y funciona igual que en el ejército: cuanto más viejo eres, más mandas, aunque hay alguna excepción, porque, en mi casa, la que más manda, con diferencia, es mi madre.

Cuarta ventaja: no te tratan como a un bebé, sino como a una persona normal, y con ellos haces mogollón de cosas divertidas. Por ejemplo, te enseñan a jugar a las cartas y... ¡¡te dejan jugar con pasta!!, (con pasta me refiero a pasta, ya sabes, a dinero, no a macarrones y espaguetis). Y si pierdes, tranquilo, mantén la calma: no pasa nada. De hecho...

CONSEJO 34:

DEJA QUE TUS ABUELOS TE GANEN A LAS CARTAS.

Los pobres tienen tan pocas alegrías a su edad...

Pero **¡¡¡atención!!!** No vale perder de cualquier manera. Noooooooo. Hay que seguir tres reglas muy importantes:

1. Ellos no pueden darse cuenta de que te estás dejando ganar. Córtate un poco y disimula.
2. Dale emoción. No pierdas desde el principio, porque si ellos ven que van a ganarte fácilmente, no

se motivan. Lo mejor es que empieces dándoles un poco de caña y luego, poco a poco, vayas dejándote.

3 Haz un poco de teatro. Tienes que conseguir que resulte convincente: quéjate, protesta, pon **OJITOS DE CARNERO DEGOLLADO.** Pero sin pasarte, tampoco hace falta que te tires al suelo, que te arranques el pelo ni nada de eso.

Merece la pena arriesgarse a perder unos céntimos, porque si sumas:

TE QUIEREN MUCHO + LES DAS PENA + ESTÁN FELICES POR SER MÁS LISTOS QUE TÚ

=

NO SOLO TE DEVUELVEN LO QUE HAS PERDIDO, ENCIMA, TE DAN PROPINA

Quinta ventaja: los abuelos nunca te encuentran defectos, para ellos siempre eres adorable. Siempre hay una excusa para defenderte.

Y, por último, la sexta ventaja: te compran unos regalos estupendos.

Como te he dicho, ahora tengo delante un regalo enorme.

Este año, su regalo es superimportante, porque como mis amigos van a hacer lo del *crowdfunding* no me comprarán nada y voy a tener muy pocos.

—¿Qué es?, ¿qué es? —pregunto.

Pregunto para darle emoción y por disimular. En realidad, lo sé perfectamente: **un ordenador portátil** cariíííísimo... ¿Que cómo lo he descubierto? Pues como se descubren estas cosas: escuchando las conversaciones de mi madre y mi abuela.

Y fíjate que he dicho «escuchando», no «espiando». Espiar a los demás está muy mal (sobre todo cuando te lo hacen a ti).

CONSEJO 35:

SI NO QUIERES SORPRESAS, UNOS DÍAS ANTES DE TU CUMPLE EMPIEZA A ESCUCHAR.

—Pero, mamá —protestaba mi madre—, eso es muchísimo dinero.

—Míralo como una inversión de futuro, Sara ya es mayor y lo va a necesitar.

—Sí, desde luego, en el colegio cada vez nos lo dicen más..., desde luego, es muy útil..., pero de verdad que no quiero que os gastéis tanto...

Se notaba un montón que mi madre estaba usando la estrategia de «protesto porque tengo que protestar, pero **ESTOY ENCANTADA DE LA VIDA**», que es utilísima si la usas correctamente.

Pasos muy sencillos para usar la estrategia:

- Utilízala cuando veas que, aunque te apetece un montón, si lo reconoces, va a parecer que tienes mucha, mucha jeta.
- Protesta, pero flojito, sin ganas.
- Enumera un montón de razones para que vayan calando, y delante de cada una di: «desde luego ______», «desde luego ______».

- Emplea varias veces la expresión «de verdad», aunque evidentemente sea «de mentira».

- Lo más importante: solo puedes usarla si ves que el otro está plenamente convencido; si no, no lo intentes, porque puede salirte del revés y que te respondan un «pues vale», de manera que te quedarías sin nada.

Con lo que yo había oído:

SOLO HABÍA 1 RESULTADO POSIBLE = 1 ordenador de última generación

¡Justo lo que necesito! Mi ordenador es tan viejo que, cuando lo fabricaron, la gente todavía vivía en las CAVERNAS, y está tan gastado que se me

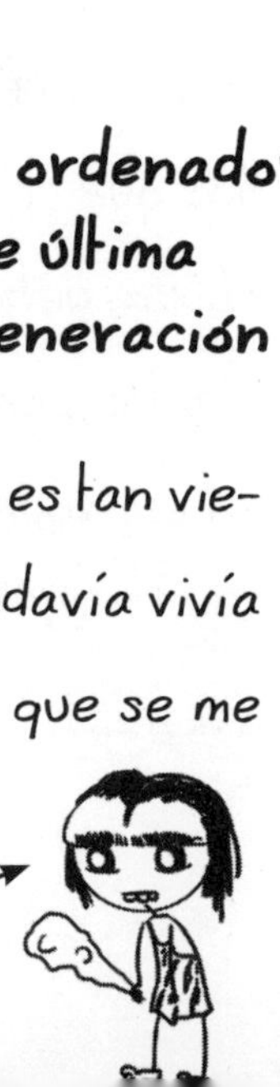

ha olvidado la cara de Hugo (cuando enciendo la *webcam* sale tan pixelado que no sé si es un buenorro de doce o una vieja de ochenta y cinco).

En cuanto descubrí lo del ordenador, llamé a todos mis amigos para contárselo, porque la manera de disfrutar por anticipado de un regalo es...

CONSEJO 36:

CHULÉATE DE TUS REGALOS CON TODOS TUS AMIGOS Y CONOCIDOS.

Así que aquí estoy yo. Me tiemblan tanto las manos que casi no puedo abrir el paquete (con lo que abulta, debe de ser un portátil con impresora y todos los complementos). Consigo quitar el papel y... en el paquete hay.., hay.., hay... **UNA COLECCIÓN DE 180 LIBROS Y DVD PARA APRENDER INGLÉS CON BARBIE.**

(Sí, te juro que existe).

Se produce un laaaaaaaaaaaaaaaaargo minuto de silencio, tic-tac, tic-tac, tic-tac, tic-tac, mientras en mi mente se forma un inmenso **¿¿¿quééé???** Hasta que consigo reaccionar.

–¡Qué chulo, de verdad! –digo usando la estrategia de «miento porque tengo que mentir, pero esto es lo más feo que he visto en mi vida»–, aunque de verdad no tendríais que haberos gastado tanto...

(Este segundo «de verdad» sí que es de verdad: en esta porquería no hacía falta que se hubiesen gastado ni un euro...).

Mis abuelos y mi madre miran extasiados los libros y los DVD.

—Y para que otro año no os gastéis tanto... —les digo—, a partir de ahora **IREMOS JUNTOS** cada año a comprar el regalo.

—Pero a mí me gusta más darte una sorpresa... —dice mi abuela—, mira qué lágrimas tienes de la emoción...

¿Emoción? **¿Emoción?** No, no son de emoción, son de pena.

—No te preocupes, yaya, puedes darme la sorpresa de que sea yo quien elija mi regalo.

Lo de los regalos es muy peligroso, por eso:

CONSEJO 37:

HAZ UNA LISTA DE REGALOS COMO LAS QUE SE HACEN EN LAS BODAS.

De lo contrario, puedes encontrarte cualquier cosa... Aún recuerdo cuando con cinco años mis padres me sentaron en el sofá, me dejaron comer todo el chocolate que quise y me dijeron con lágrimas en los ojos que me iban a hacer **el mejor regalo del mundo.** ¿El mejor regalo del mundo?, ¿un vale ilimitado para la tienda de las chuches?, ¿no volver al cole nunca más?... Resultó que, para ellos, el mejor regalo del mundo era: **¡¡¡una hermana!!!**

Miro el reloj. ¡¡Madre mía, faltan solo veinte minutos para la hora en la que he quedado con Marina para que se presente en mi casa «por sorpresa» a ver mi nuevo ordenador!!

–VENGA –LES DIGO–, VAMOS A METERLO TODO AQUÍ, DENTRO DEL ARMARIO, Y LUEGO YA LO ORDENAREMOS...

CAPÍTULO 10

LOS MEJORES MOMENTOS

Podría contarte el resto de mi maravilloso día, pero prefiero abreviar haciéndote un resumen de los «mejores» momentos:

MOMENTO 1º: Marina y yo estábamos en mi habitación y la puerta del armario «estalló» y me vomitó encima los 180 libros y DVD que había conseguido apretujar antes de que llegara. Abrí la boca para gritar y terminé...

MOMENTO 2º: mis tíos me trajeron el gatito que yo les había pedido y pedido y pedido durante meses y mi padre dijo que había que ir a cambiarlo por algo igual de bonito, pero «más manejable». ¿Cambiarlo?, quise gritar. ¿No ve que eso es antinatural?, si ellos **se quedaron con Raquel,** ¿por qué no puedo quedarme yo con Miau?

MOMENTO 3º: mi madre (que reconozco que se ha pegado una currada para que yo lo pase bien en mi cumple) confundió mi comida favorita con la de la idiota de Raquel y me puso delante una fuente de alcachofas rebozadas con bechamel (vete a saber con qué hacen ese engrudo). Claro, la pobre estaba tan ilusionada que no me quedó más remedio que comérmelas aguantando las ganas de potar (menos mal que llevo años entrenando en el comedor). Y debí de hacerlo tan bien que me dijo con una sonrisa: «Aunque cuesta mucho prepararlas, a partir de ahora te las haré en todas las ocasiones especiales». Aaaaahhhhh.

Y ya llegamos a esa parte tan especial de cualquier cumpleaños, el famoso **MOMENTO TARTA**. Que empieza cuando encienden la última vela y tú coges un montón de aire para apagarlas mientras piensas con toda tu alma en un deseo.

¡¡Se me ha olvidado hablarte del **temita del deseo**!!

Elegir bien el deseo es fundamental porque solo se puede pedir uno, así que hay que planificarlo cuidadosamente. No lo malgastes pidiendo cosas para los demás o **pidiendo salud**, céntrate en lo importante: céntrate en ti mismo.

(eso ya lo pedirás cuando tengas más de 40 y seas un carcamal)

Vale que el cuarto mandamiento dice que «Al soplar las velas tienes derecho a pedir un deseo que se cumpla», pero no especifica nada más, así que mi siguiente consejo es:

CONSEJO 38:

PIDE UN DESEO 2x1.

Por si te lo estás preguntando, un deseo 2x1 es la única manera de hacer trampa: es **solo uno**, pero con **dos partes.** El mío es:

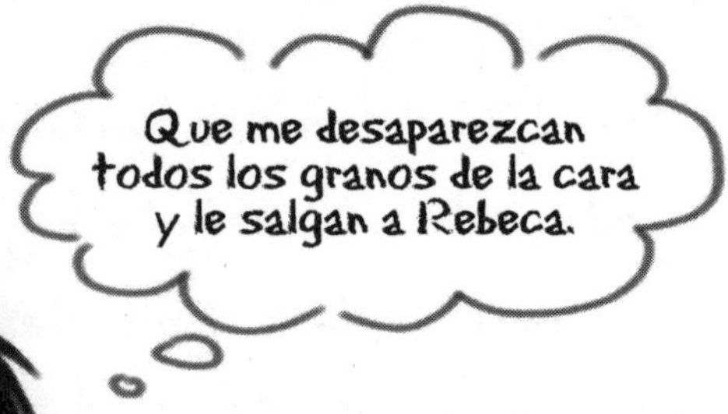

Total, que estoy tan concentrada en mi deseo y tan nerviosa, y cojo tanto aire a la vez para asegurarme, que me da un ataque de tos y solo consigo apagar la mitad (bueno, y llenar la tarta de bacterias).

¡¡¡La mitad???, ¿qué va a ocurrir ahora?

No puedo seguir pensando, porque misteriosamente toda mi familia sufre a la vez un **ataque de canto desafinado.**

No falla nunca: tú coges aire para soplar y, en ese instante, todos los adultos deciden que llevan en su interior un cantante de ópera oculto y que es la ocasión perfecta para que lo descubramos los demás.

CONSEJO 39:

VETE PREPARADO CON UNOS TAPONES PARA LOS OÍDOS CUANDO TE CANTEN EL *CUMPLEAÑOS FELIZ*

Lo sacan a grito limpio. Encima, como están entusiasmados, se animan a poner una recopilación de los **grandes éxitos** que no pueden faltar en un cumpleaños: empiezan con el clásico *¡Cumpleaños feliz, cumpleaños feliz...!*, y siguen con el *¡Feliz, feliz en tu día...!*, y con *Happy birthday to you...!* (ay, si los oyera pronunciar mi profe de Inglés).

Para que no descubran que llevas tapones, solo debes sonreír constantemente y dar palmaditas fingiendo que sigues el compás. ¿Cómo saber cuándo han terminado? Es muy fácil, no te preocupes, porque en cuanto acaban, como continúan eufóricos, empieza otro **ataque de tirones de orejas sin control.**

Mientras se cuelgan de mis orejas, yo no puedo parar de pensar: si solo he conseguido apagar la mitad..., ¿se cumplirá la mitad de mi deseo?, ¿qué parte?, ¿la de que se me vayan los granos o la de que le salgan a Rebeca?

En cuanto consigo soltarme, voy corriendo al baño: todos los granos siguen en mi cara. **¿¿¿Quéééé???** ¡Ay, casi, casi me apetece ver a Rebeca...!, aunque de lo que realmente tengo ganas es de ponerme a chillar.

¿Hoy no era un día de felicidad 100% asegurada? ¡¡¡Que alguien me traiga la hoja de reclamaciones!!!

Vamos en el coche camino del *paintball* aunque antes hacemos una paradita en la tienda de animales.

NO

Todavía tengo esperanzas, pero resulta que lo que mi padre encuentra igual de bonito pero más manejable que Miau es... ¿un adorable conejito rosa?, ¿un hámster? Nooooo. **¡¡¡UNA TORTUGA!!!**

–¿Es una broma?, pero si ni siquiera tiene pelo... –protesto–, daría igual una cucaracha.

NO

—Lo importante es tener una mascota a la que cuidar y querer —suelta mi padre.

Y me pone la tortuga en la mano. La cojo con dos dedos y el bicho me mira fijo, fijo, con los ojos sin párpados... ¡¡Puajjj!! De todas formas, como soy muy compasiva, decido darle una oportunidad: pruebo a acariciarle la cabeza, con un poquito de asco, eso sí, y..., y... **¡¡¡me suelta un mordico!!!**

Normal. No te dejes engañar: una tortuga no es una mascota, es un bicho. Las mascotas deben cumplir unos requisitos básicos:

- Tener pelo o por lo menos plumas o por lo menos escamas de colores.
- Ser bonitas, amorosas.
- ¡¡Tener ojos!!
- Que puedas presumir delante de la gente (un gato o un perro sales misteriosamente a pasearlo a la vez que los demás...).
- Y, sobre todo, sobre todo, que no le guste la carne humana, y menos la de tus dedos...

-Si la cuidas, ya verás qué grande se hace... -continúa mi padre.

¿¿¿Es una bromaaa???

Me quedo mirándolo: ¿de verdad tiene que consolarme que un bicho que no me gusta ni de pequeño vaya a crecer? Son ganas de tocar las narices, como si cuando él se va protestando a trabajar yo le dijese: «No te preocupes, con un poco de suerte, hoy tendrás un montón de curro y no podrás parar».

-¿Crecer?, ¿cuááánto puede crecer?

Imagino la película *Tiburón*, pero ahora llamada *Tortuga*. Encima... ¿crecer para qué?, ¿para que en vez de un dedo pueda arrancarme la mano entera de un mordisco? Pasa de contestarme.

-¿Cómo la llamarás? -pregunta la de la tienda tratando de animarme.

¿Cómo?, ¿no está claro?

-Murderer.

Mi siguiente consejo es:

CONSEJO 40:

PONLE A TU MASCOTA UN NOMBRE CON CHISPA.

Me mira raro. Se nota que no ha ido a un campamento de inglés y no sabe que *murderer* significa asesina; además suena a «morder». Mete el bicho en una caja y me la da.

-¿Y el bozal? -le pregunto.

No te lo vas a creer, pero resulta que te la venden así, sin bozal, a lo loco, **PARA QUE TE JUEGUES LA VIDA.**

CAPÍTULO 11

el reencuentro de la

comunidad del anillo

Por fin, llegamos al Paintball Plus Élite y se me cae el alma a los pies. Te lo juro. Literalmente.

¿Esto es el Paintball Plus Élite?

Solo hay una valla cochambrosa, así que desde fuera puede verse todo.

¿¿¿Plus???, ¿¿¿Élite??? Se supone que:

PLUS + ELITE = más que guay... ULTRAGUAY!!

¡Por favor!, si este es Plus y Élite..., ¿cómo es el *paintball* normal?, ¿ocho piedras y dos cabras desnutridas sueltas por en medio?

Es **muy, muy cutre,** tanto que se les han debido de morir las dos cabras por falta de alimento. Es un desierto con cajones de madera desperdigados aquí y allí, que, seguramente, son las cajas de madera en las que trajeron las cabras; el camuflaje son ramas secas de palmeras llenas de polvo y telarañas, alpacas mugrientas y malolientes, trozos de cartón mal pintados clavados al suelo con palos...

El calor es insoportable, como una bofetada en plena cara **¡¡Zas!!** No se ven ni cactus, porque no han soportado el sol y la falta de agua y han muerto.

¿Es una broma, un programa de cámara oculta o qué?

En las fotos que me he aprendido de memoria era como PortAventura, y esto parece el escenario de una peli del Oeste cutre, sin vaqueros ni caballos.

—Papá, papá, te has equivocado —chillo—. ¡No es aquí!, ¡¡¡no es aquí!!!

—¿Cómo que no es aquí? Mira —señala el cartel—: Paintball Plus Élite.

¿Qué pasa?, ¿cree que con el calor se me ha olvidado leer? No me da tiempo a decir nada porque en la puerta aparece **Pablo Martínez.**

El tío lleva unas pintas..., unas pintas..., es como si Dora Exploradora y su mono tuviesen que participar en un programa de supervivencia durante cinco meses en la selva tropical. Va vestido entero de camuflaje (gorro incluido), lleva la «mochila-mochila» y... un machete. ¿Un machete? Sí, te lo juro, lleva **un machete.**

—Compi, compi —viene corriendo en cuanto me ve. Me coge una mano y empieza a sacudirla de arriba abajo entusiasmado.

Por si no lo sabes, tiene el título de Tío Más Plasta del Planeta Tierra, y también es conocido como Pablo Plasta o Doble P. No es lo que se dice «muy espabilado», es más bien de los que cuando sea mayor jamás se habrá leído un libro entero sin dibujos (Rebeca es de las que ni siquiera saben que existen los libros sin dibujos). Antes no lo aguantaba, pero ahora, desde que estuvimos juntos en el campamento, es mi amigo, **mi Plasta Particular.**

—Te he traído un regalo especial —dice, y me guiña un ojo.

Bueno, no sé si me guiña un ojo o es para evitar que el sudor que le baja como una catarata por la frente se le meta en los ojos y lo deje ciego.

¿UN REGALO?, ¡qué bien, por fin el cumple empieza a arreglarse y alguien pone en práctica el quinto mandamiento! ¿Qué será?, ¿el antiojeras que tanto necesito?, ¿un *gloss*? ¿crema para los granos?, ¿un aire acondicionado portátil?

—Abre la mano y cierra los ojos.

Me pone algo en la mano. ¿Qué es esto? Veo un **puñado de chapas.** Nooooo. (Recuerda poner en práctica el CONSEJO 37). El tío tiene una afición por las chapas tremenda, cuando saca un sobre (ha pasado tres veces desde 1.° de Infantil), sus padres le dejan llenar la bañera y se baña en ellas, tiene tres mil y pico. Hasta se ha hecho fotos. Te juro que he visto alguna, ¡¡puajjj!!

—Gracias, Pablo, gracias —le doy una palmadita en la cabeza y me seco la mano en el pantalón—. Anda, sé bueno y guárdamelas en la mochila hasta que nos vayamos.

—Pero... ¡¡se mezclarán con las mías!!

Lo miro. **¡Por favor!**, ¿de verdad tengo que responder a eso? Ya te he dicho que no es el tío más listo del mundo...

Entro con él pegado a mis talones y allí están Marina y Jorge, la Bella y la Bestia, **COGIDITOS DE LA MANO.** No olvides que:

CONSEJO 41:

TU NOVIO NO SE VA A ESCAPAR SI LE SUELTAS LA MANO UN MINIMINUTO.

Encima, Jorge no tiene bastante con llevar en la mano libre un batido de vainilla al que va dando sorbos, y se ha preparado un cinturón de batidos de repuesto. ¡Qué horror! Su caso se ha agravado desde que sale con Marina.

Hace casi un mes que no veo a Marina. **Aaaah-hhhh,** chillamos las dos, y nos abrazamos (es difícil, porque sigue sin soltar la mano de Jorge). Aaaaahhhhhhh.

–Mira, mira –le digo para que vea que llevo puestos los pendientes.

–¡Qué guays!

Entonces Jorge, al ver mis orejas, sufre un agudo **ataque de tirones de oreja sin control.** Se acaba de un sorbo el batido y empieza a tirarme a lo bruto: uno, dos, tres, cuatro...

–Aaaahhhh –chillo, pero ahora no es de la emoción.

Oigo claramente un pum, pum, pum, y veo acercarse a toda leche al Nuevo botando su pelota (ya te he explicado antes que este ataque es supercontagioso). El Nuevo tiene un nombre normal, Alejandro, aunque prefiere que lo llamen Lebron, y a su pelota de baloncesto (de la que no se separa ni para mear), James. Yo lo llamo el Nuevo porque es el único de nuestro

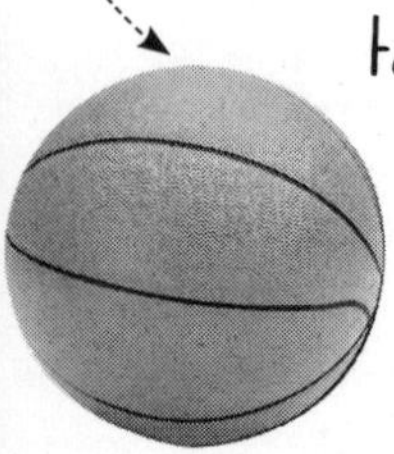

equipo que no venía a mi cole. Va vestido, como siempre, con ropa enorme de los Lakers. Se cuelga de la oreja que me queda libre: uno, dos, tres...

Detrás está Julia, que, como es muy educada, espera a que terminen para empezar ella.

Tirar de las orejas es todo un arte y cada uno usa su propio **SISTEMA.**

☆ **El Nuevo:** sistema «intento que la oreja toque el suelo». Te cuelgas y tiras hacia abajo.

☆ **JORGE:** sistema «volteo de campana». La mueves de lado a lado con todas tus fuerzas.

☆ **JULIA:** sistema «ordeño de vaca». Tiras de una, tiras de otra, tiras de una, tiras de otra...

El último en acercarse es Pollo. Es el último porque lleva puestas unas quince camisetas, una encima de otra, y eso limita bastante sus movimientos. Es un muñeco Michelín. La de arriba es verde (verde empapado de sudor) y **EN ELLA PONE:**

Me llama Frodo porque durante el campamento nos llamábamos la **COMUNIDAD DEL ANILLO,** y cada uno de nosotros era un personaje: Marina era Sam, mi ayudante; Pollo, como es muy modesto, Aragorn, el valiente; el Nuevo, el enano Gimli, para darle un toque de humor; Julia, el elfo Legolas; Pablo, el *hobbit* Merry y Jorge, Gandalf.

Éramos un equipo, una especie de banda secreta, y eso nos hacía sentir especiales. Vistos desde fuera puede que pareciéramos Desechos S. A, pero unidos resultamos invencibles y les dimos una paliza a los populares.

–¡¡¡Frodoooo, Frodooo!!! –empiezan a cantar al ver la camiseta.

Algunos son gente con la que antes ni me hubiese molestado en hablar, pero, después de vivir tantas aventuras y tantas desgracias juntos, **ahora son mis mejores amigos.** Pertenecer al mismo equipo une mogollón...

CONSEJO 42:

QUIEN MENOS TE LO ESPERAS, SI LE DAS UNA OPORTUNIDAD, PUEDE CONVERTIRSE EN UN BUEN AMIGO.

¡¡Es genial estar otra vez **los siete juntos!!** Unimos las manos y nos ponemos a cantar nuestro himno como locos mientras los padres nos miran alucinados.

¡¡Comunidad!! ¡¡Comunidad!! ¡¡Comunidad!!

(solo por este momento merece la pena que sea mi cumple)

–Eh, ¡que se me ha olvidado tirarte! –dice Pollo en cuanto nos separamos.

Y él consigue combinar el sistema «intento que la oreja toque el suelo» con el de «volteo de campana» y con el de «para qué voy a molestarme en contar, tiro hasta que me aburra».

—Mira, mira lo que he traído —dice cuando ya casi me ha arrancado la oreja derecha.

Coge una mochila que hay en el suelo, la abre y está... **¡¡¡llena de petardos!!!** No me da tiempo de decirle lo pirado que está porque empieza a sonarle la alarma del reloj.

Pi, pi, pi, y corriendo se pone a intentar chuparse el codo. Y resulta todavía más difícil por las 15 camisetas. ¡¡Hay gente a la que le sienta muy mal el calor!! Bueno, a Pollo le sienta muy mal el calor y también el frío.

Cuando se agacha veo a alguien a quien hasta ahora tapaba Pollo. Es un chico **guapísimo,** rubio, con los ojos azules y un lunar en la mejilla izquierda. Casi, casi me cuesta reconocer a **HUGO,** mi novio; parpadeo un par de veces, ¡¡¡estoy demasiado acostumbrada a verlo pixelado en mi cutreordenador!!! Menos mal que lleva sus zapatillas especiales de la suerte naranja y plata de una megamarca supercarísima.

¡¡¡Qué nervios!!! Hace casi un mes que no nos vemos..., ¿qué vamos a decirnos?, ¿me dará la mano como Jorge a Marina?, ¿le seguiré gustando?

Pues no pasa nada, porque

se abre la puerta...

CAPÍTULO 12

CUANDO TODO EMPIEZA A FASTIDIARSE

... se abre la puerta y entra alguien a quien sí que reconozco de inmediato.

Entra envuelta en un tufo de colonia cara, muy cara, mueve la cabeza de un lado a otro, como si viviese en un anuncio de champú para presumir de melena rubia ultralisa, lleva unos *shorts* vaqueros y camiseta rosa superajustada con escote.

No me lo puedo creer...

¿¿¿QUÉ HACE ELLA AQUÍ???

Es más...

¿¿¿Qué hace ella aquí y por qué no tiene mis granos???

Me parece que no se ha cumplido nada de mi deseo. Siguiente consejo:

CONSEJO 43:

PASA DE PEDIR UN DESEO CUANDO SOPLES LAS VELAS DE LA TARTA. ES UN TIMO.

La verdad es que hace años que lo sospecho: el año pasado no me encontré debajo de la almohada mil millones de euros, y el anterior, mi hermana Raquel apareció en su cama en vez de en la boca de un oso en el Polo Norte, y el anterior del anterior, en septiembre, el colegio no se había convertido en un enorme parque de atracciones. Creo que voy a borrar el cuarto mandamiento...

Sí, la que acaba de entrar es Rebeca y la tía está impecable. Le debieron de arrancar las glándulas sudoríparas al nacer. No hay otra explicación.

Lo que más siento ahora es haber dejado a **Murderer** en el coche. Me encantaría presentársela...

Detrás de Rebeca entran Vicky y un ejército de pijas. Todas van cuchicheando y riéndose como unas pavas. Se acercan hasta nosotros y se produce una de esas escenas de **desconexión boca-ojos** en las que tu boca dice una cosa, pero tus ojos dicen la contraria. Por si no lo sabías...

CONSEJO 44:

LA DESCONEXIÓN BOCA-OJOS NO ES TAN FÁCIL COMO PARECE. PRACTICA MUCHO.

Rebeca y yo somos unas expertas porque solemos comunicarnos de esta forma.

REBECA:

La boca de Rebeca dice: «Feliz cumpleaños, Sara».

Pero sus ojos: «¡He venido para que este sea el peor cumpleaños de tu vida!».

YO:

Mi boca dice: «Gracias, Rebeca».

Pero mis ojos: «¡Muérete, arpía!».

Mi boca dice: «¡Qué sorpresa verte aquí!».

Pero mis ojos: «¿Qué demonios haces en mi fiesta, maldita mosca molesta?».

REBECA:

La boca de Rebeca dice: «¡Qué casualidad!, ¿verdad? Yo tampoco sabía que estarías».

Pero sus ojos: «Fastídiate, me ha costado, pero voy a sabotear tu cumple».

La veo sonreír y lo entiendo: ¡¡¡no puede ser una casualidad!!! Rebeca jamás de los jamases vendría a un sitio tan cutre, ni aunque se perdiese... (ella se perdería en un sitio glamuroso). Solo hay una explicación: **¡tiene un espía infiltrado en mi equipo!**

Me vuelvo corriendo a mirarlos y Pollo, sin dejar de intentar chuparse el codo, consigue quitarse la camiseta y la tira al suelo. Ahora tiene una roja (también sudada) en la que pone:

En cuanto la leo, se la quita y aparece otra:

Y después otra:

No me puedo creer que haya hecho algo así (Rebeca fue su novia durante minuto y medio el último día del campamento y solo para no ser la única sin novio). Evidente que pienso matarlo. Me abalanzo sobre él para meterle uno a uno los **petardos** por

el... Lo tumbo en el suelo y ya estoy encima cuando llega el encargado del Paintball Plus Élite y sí, él también es muy **«Plus Élite».**

Al verlo comprendo que Emilio, mi tutor, tiene razón cuando dice que si no estudiamos seremos unos burros y terminaremos en un trabajo apestoso en el que nos pagarán dos céntimos, y cada mañana preferiremos meter la cabeza en un cubo de agua helada antes que ir a trabajar.

Me dan ganas de pedirle a mi madre que compre más cuadernillos de actividades de verano **¡¡¡ya!!!**

CONSEJO 45:

ESTUDIA; AUNQUE NO LO PAREZCA, MERECE LA PENA...

Lleva el uniforme más ridículo que he visto en mi vida, manchado con las pelotas que los niños le tiran «sin querer», y con **UNA ENORME PELOTA-GORRO,** tan enorme que no puede mantener la cabeza erguida y se le cae sobre el hombro derecho.

–Chicos, chicos, dejad de jugar –dice, y da dos palmadas que solo servirían para espantar a unas moscas moribundas–. Mi nombre es Rogelio y soy vuestro acompañante en esta a-pa-sio-nan-te tarde.

¿Rogelio?, ¿y cómo se apellida?... ¿Muchamarcha? Ja, ja, qué bueno, a partir de ahora voy a llamarlo **Rogelio Muchamarcha.**

–¿Dónde está mi *paintball?* –le pregunto soltando a Pollo (ya tendré tiempo de matarlo más tarde o cuando empiecen las clases, esto es mucho más urgente)–. Mi Paintball Plus Élite, el que venía en las fotos de Internet.

–Ya, bueno –tose un par de veces–, solo era una recreación.

–¿¿Una recreación?? –pregunta mi padre acercándose.

Rogelio enciende el ordenador, busca la página y saca una lupa de un cajón **–¿una lupa?–**, se la da a mi padre y le señala una esquina en la que hay ¿una cagarruta de mosca?, ¿¿para qué quiere que miremos una cagarruta?? Misteriosamente, al acercar la lupa se transforma en letras: «Todas las fotos de esta página son una recreación».

–Es perfectamente legal –dice.

–**¿UNA RECREACIÓN?** –dice mi padre enfadándose–. Esto lo que es es una tomadura de pelo.

De repente, nada más decirlo, mi padre (que es más rápido que el increíble Hulk) entra en ***nivel 2***, su cara cambia a **«cabreo supremo»** y empieza a ponerse verde... Mi madre interviene rápidamente porque pasa de que se le rompa la ropa y se quede en calzoncillos delante de todos (normal):

–¿Quieres ver –le pregunta a Rogelio– lo que es la recreación de ocho niños a los que se les permite hacer lo que les dé la gana sin límites? Sin lí-mi-tes.

Rogelio Muchamarcha se atraganta y tose un par de veces. Cuando recupera la voz dice que «para compensarnos» va a convertir la merienda de «rodaja de mortadela chunga» en merienda «Plus Élite». Coge unos papeles para cambiar de tema y lee:

—Hay dos reservas, una a nombre de Sara Berlanga y otra, de Rebeca Blasco. Lo mejor es que primero jueguen los unos mientras los otros meriendan, luego los otros meriendan mientras los unos...

—¿No sería más divertido hacer dos equipos y **luchar juntos?** —interrumpe Rebeca.

—¿¿Quéééééé??? NOOOOOO.

Lo he debido de decir más alto de lo que pensaba porque, de repente, todos me están mirando. Rebeca, haciéndose la víctima, que se le da genial, pone morritos:

—Solo es una idea, pero si Sara no quiere...

¿La has oído?, ¿solo es una idea? Venga ya, eso no se lo cree nadie.

Importante:

CONSEJO 46:

DESCONFÍA DE LAS BUENAS IDEAS DE TUS ENEMIGOS, NUNCA SON BUENAS PARA TI.

Esto es parte de su **DIABÓLICO PLAN** para fastidiarme el cumpleaños. Lo tiene claro. Empiezo a sonreír cuando mi madre, que sí que se lo ha creído, abre la boca:

–Sara, estás siendo muy egoísta con esta niña. Tienes que aprender a ser más amable con los demás, como hace ella.

Jugaréis todos juntos y no se hable más.

CAPÍTULO 13

NO ME TOQUES LAS BOLAS

Rogelio Muchamarcha nos explica el plan de juego:

1. Una partida de **Eliminación Pro** o tirarnos algunas bolas para ir entrenando.

2. Merienda.

3. Y ¡¡¡la verdadera partida a **CAPTURA AL COMANDANTE!!!**

En Captura al Comandante se nombra un capitán o comandante en cada equipo, y gana el que elimine al comandante del equipo contrario o cuando se hayan eliminado a todos los jugadores del equipo.

Repartirnos en dos equipos es sencillo: **la Comunidad del Anillo** (incluido Hugo-Galadriel) nos ponemos en un lado; Rebeca, Vicky, Noelia y las demás pavas, en otro. Me quedo mirándolas y pienso que son tan rubias y tan pijas como Barbie, pero en versión asesina; ya sé, serán... **¡las Barbies Asesinas!**

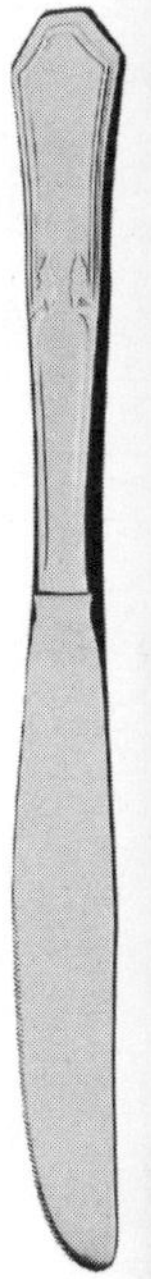

De todas formas, estoy tranquila, porque como dice el octavo mandamiento: «Los demás tienen que dejarte ganar en todos los juegos».

–¿Y tu hermana, Sara? –pregunta mi madre.

¿Mi hermana?, ¿Raquel? No sé qué le pasa hoy a mi madre, ¿no la ve? Se la señalo para que sepa que la tiene al lado, pero, por lo visto, el problema no es que no la vea, sino que quiere... ¡¡¡que también juegue!!!

¿Te lo puedes creer?

Respiro un par de veces e intento explicarle a mi madre de una forma calmada y razonada por qué Raquel no puede jugar.

–¡¡¡Es una enana idiota!!! –chillo.

– Te sugiero que la dejes jugar, Sara.

Tengo que parar para contarte que cuando tu padre o tu madre te «sugieren» algo, en realidad te están dando una orden directa encubierta.

¿Que qué son las **ÓRDENES DIRECTAS ENCUBIERTAS?**

Son esas que parecen una sugerencia, un «si te apetece» o un «cuando te venga bien», pero que son órdenes disfrazadas. Son muy peligrosas, porque no te das cuenta de que te están mandando algo y no les haces ningún caso (incluso sin querer), aunque ellos esperan que obedezcas enseguida.

CONSEJO 47:

EXPLÍCALES QUE TÚ NO TIENES INSTALADA LA FUNCIÓN TELEPATÍA.

Por si estás muy despistado, te diré que «telepatía» es poder leerles la mente a otras personas. Y sí, sería genial poder leerle la mente a Emilio justo cuando está pensando qué va a preguntar en el examen.

Como no tienes telepatía es muy difícil que adivines lo que piensan tus padres. Te lo voy a dibujar para que quede más claro. **EN LENGUAJE «MADRE»:**

sugerir = ordenar = HAZLO ECHANDO LECHES

Tranquilo, que un día de estos, cuando tenga tiempo, haré un práctico diccionario lenguaje madre-normal, normal-lenguaje madre.

Por ahora, mi siguiente consejo es:

CONSEJO 48:
¡EN CUANTO TUS PADRES TE SUGIERAN ALGO MUEVE EL CULO!

–No puedes obligarme. Hoy es mi cumpleaños... –por si se le ha olvidado, saco el papel plastificado con los **mandamientos**–. Mira, es el tercero: «Eres tú quien mandas. Los demás tienen que obedecerte».

Pero como ya se le ha pasado el ataque de amor supremo, me mira con cara de enfado.

–No te estoy obligando, solo te lo estoy sugiriendo –dice con voz dulce.

Lo que yo decía...

Y entonces, ocurre algo **inesperado:**

–Ven conmigo, niña –dice Rebeca.

Por supuesto, Raquel se va encantada, dando saltitos. Todas empiezan a chocar las manos emocionadísimas y a dar chilliditos.

Raquel es una más de ellas:

No sé si te lo he dicho, pero mi hermana es rubia con tirabuzones y tiene los ojos azules. Raquel es el **GRAN MISTERIO DEL UNIVERSO.**

Nada de si hay vida en otros planetas, nada de los extraterrestres o los agujeros negros, el gran misterio del universo es: ¿de dónde ha salido Raquel si mis padres, Sofía, yo, mis abuelos, mis tíos, **todos** somos morenos y tenemos los ojos marrones?

¿Que de dónde ha salido?, ¿no lo ves claro? Yo lo tengo clarísimo desde los ocho años: de un **orfanato**. Sí, la única explicación posible es que es adoptada. Así que...

CONSEJO 49:

AVERIGUA SI TU HERMANO ES ADOPTADO.

Es muy importante saberlo para poder fastidiarlo, evidente. ¿Quién no le ha dicho alguna vez a su hermano que es adoptado solo para que sepa que allí el único que manda es él o para que, con un poco de suerte, se pire a buscar a sus verdaderos padres y no vuelva?

También hay otra posibilidad: que mi padre, que es muy despistado, **se confundiese en el hospital** y se trajese a casa a la hija de los de la habitación de al lado, y mi verdadera hermana, que seguro que es morena y buena, está tan feliz con otros padres mientras nosotros sufrimos a Raquel.

Total, que viendo dar saltitos a las Barbies Asesinas pienso que ese es exactamente el sitio de Raquel. **Raquel es la mini-yo de Rebeca.**

–Desde hoy seremos **MAPS** –dice Rebeca.

¿MAPS? A mí me suena a una aplicación de Google o del GPS.

–MAPS: **Mejores Amigas Para Siempre** –le explica.

¡¡¡Madre mía, lo que me espera!!!

–Muy bien, chicos, ahora empieza –dice Rogelio Muchamarcha, y bosteza– la diversión –vuelve a bostezar de tanto como se divierte–. Bienvenidos a la tarde más emocionante de vuestra vida.

Dan ganas de tumbarse a dormir. ¡¡Por favor, que alguien le ponga **PILAS NUEVAS**, ya!!

–El *paintball* es un deporte que combina el ejercicio –bostezo–, el contacto con la naturaleza, la estrategia, el juego en equipo, la descarga de adrenalina –bostezo– y, sobre todo, el buen humor.

Saca el equipamiento: hay un mono de protección, un fusil marcador, máscaras térmicas, una red con bolas de pintura...

–Los chalecos y los protectores de cuello no entran en la tarifa básica –explica.

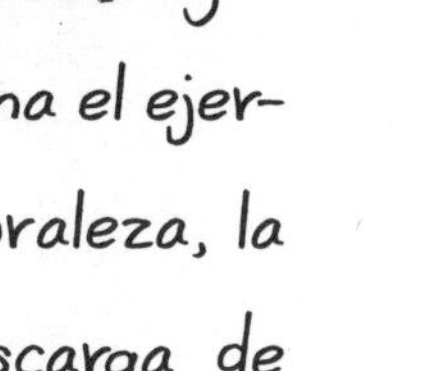

Y, claro, como mi madre ha entrado en **MODO AHORRO**, pasa de pagarlo. En cambio, la madre de Rebeca suelta la pasta. ¡¡Paga hasta por Raquel!!

–Pero... ¡¡mamá!! –protesto.

–No seas tonta, esto son chorradas que se inventan para sacarnos el dinero.

–¿Seguro? –le pregunto, aunque lo que de verdad querría preguntarle es: **¿cómo lo sabes si tú nunca has jugado al *paintball*?**

CONSEJO 50:

NO ENFADES A TU MADRE ADREDE.

Porque bastantes veces se enfadan sin que tú les des ningún motivo, así, porque sí, como para enfadarlas a posta, sabiéndolo.

Como es mi cumpleaños me dejan elegir el color del mono de protección que vamos a ponernos. Es una decisión dificilísima: marrón porquería o marrón porquería con manchas de camuflaje, ¡¡¡no sé cuál es más feo!!!

-¿Puedo elegir no llevar nada?

Por lo visto no es una opción.

-Para lograr una simbiosis con el terreno y pasar desapercibidos es preferible el de camuflaje -dice Julia.

¡Simbiosis con el terreno!, ¿pasar desapercibidos? Para eso lo que tendríamos que hacer es disfrazarnos de cabras.

Cuando nos dan el mono, resulta que no hay «versión verano», y es de ¡¡¡manga larga y pantalón hasta los pies!!! Rebeca se lo sube solo hasta la cintura y allí se hace un nudo.

-Tienes que subírtelo hasta arriba y abrocharlo -la advierte Rogelio.

-¿Quéééééééé? -pregunta Rebeca-, entonces... ¿cómo se me va a ver la camiseta?

SIN COMENTARIOS.

Después Rogelio nos da lo que ha llamado «máscaras térmicas» y que en realidad son enormes **cascos negros** de Darth Vader (debieron de sobrarles cuando rodaron *La guerra de las galaxias*).

Aquí Rebeca y sus Barbies Asesinas vuelven a protestar mogollón y se niegan a escacharse el pelo con los cascos. Normal, se han pegado un currazo con la plancha. Yo, en cambio, les encuentro una ventaja: tapan todos los granos.

Por fin nos entrega **LOS FUSILES** y la cosa ya se anima.

Vale que solo es un chisme de plástico que lleva en la parte superior un depósito para ir metiendo las bolas, pero es emocionante. Lo coges y te sientes como un explorador en la selva en busca de peligros.

—¿Podemos hacerles una foto?

—pregunta mi padre, que ya tiene el móvil preparado y le tiemblan las manos de la emoción.

Evidente. ¿Hay alguna cosa u ocasión que un padre no crea digna de fotografiar? Empiezan a atormentarte incluso antes de nacer. Mi padre, que para esto es un pirado, hacía fotos de mis ecografías, y, el día que yo nací, dos médicos tuvieron que quitarle la cámara a la fuerza en el quirófano. En mi casa hay fotos hasta de los pañales.

Por lo visto, mi padre no es el único que sufre de *fotografitis aguda*, y comienza la **ronda de fotos sin control.**

Los padres se ponen locos, descontrolan mogollón, es como si a ti te dijesen que puedes entrar en una tienda y pillar gratis juegos para cualquier consola.

Nos ponemos en formación, sin los cascos, apuntando con los fusiles. Pollo ha tuneado su traje y se ha puesto encima una camiseta especial:

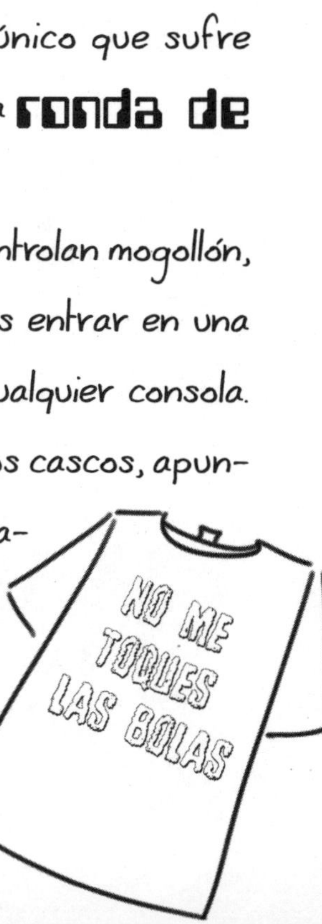

Este tío no tiene arreglo. **Pablo** Martínez se ha negado a soltar su mochila alegando que es imprescindible para una situación de supervivencia. **JULIA** se está dando unos chutes de inhalador porque en estos monos veranean todas las bacterias y los microbios del mundo. **MARINA** y **Jorge** han conseguido vestirse sin soltarse de la mano (no me preguntes cómo) y Jorge lleva ahora su cinturón de batidos por fuera del mono. **El Nuevo** ha «escondido» la pelota dentro del mono (parece el jorobado de Notre Dame...).

Están totalmente **PIRADOS,** pero son mis amigos... Además..., ¿quién quiere ser normal?, ¿quién quiere ser un aburrido y hacer y pensar exactamente lo mismo que todos los demás? Así que...

CONSEJO 51:

SI TE APETECE HACER ALGO DIFERENTE, ATRÉVETE A INTENTARLO.

No te vas a morir ni nada de eso.

Me pongo al lado de **hugo**, que es majísimo y me ha ayudado a abrocharme la cremallera. Yo y él **hacemos la pareja perfecta,** y sí, ya sé que el «yo» va detrás, pero como pone en una camiseta de Pollo (que le señala a Emilio cada vez que le riñe):

Pollo se ha convertido en un profesional y se pone varias camisetas, una encima de otra, para poder usar la que necesita... Es útil, pero a cambio anda como un robot y ha suspendido todas las pruebas de Educación Física.

Hugo me da la mano por debajo, aprovechando que nadie puede vernos. Nos miramos y sonreímos.

–Muy bien, muy bien. Guapos. Decid «patata».

Los padres tiran fotos como locos con las cámaras y los móviles hasta dejarnos ciegos.

Después de la sesión fotográfica, Rogelio Muchamarcha convence a los padres de que lo tiene todo controlado y de que no es necesario que permanezcan en el recinto. Al fin y al cabo, ya han cumplido su labor: **Pagar y tirarnos fotos.**

A solo cinco minutos, hay un hermoso bar con aire acondicionado y cerveza muy fresca donde pueden esperar las dos horas que dura la actividad. Aún no ha terminado de pronunciar la palabra cerveza... y ya han salido en estampida como toros salvajes.

La única que se queda rezagada es mi madre. Se dirige hacia mí, veo su cara, la sonrisa, los ojos brillantes. Sé lo que va a ocurrir antes de que ocurra (los brazos extendidos también son una buena pista...). Noooooo, quiero chillar, **NOOOOOOOO.**

¿Es que no se ha leído los *mandamientos* o qué? El noveno lo dice bien clarito: «Están prohibidos los abrazos y los besos delante de tus amigos». ¿Para quién cree que lo he escrito?

CAPÍTULO 14

ELIMINACIÓN PRO

Nos colocamos los cascos de Darth Vader y Pollo se pone encima del mono otra camiseta (¿cómo lo habrá sabido?):

Rogelio Muchamarcha abre las puertas para que **entremos en contacto con la naturaleza** y el primer contacto casi nos mata.

-¿En qué consiste el juego?, ¿gana el último que muere deshidratado en este desierto? -pregunta Pollo dando un paso hacia atrás.

Pablo Martínez, que es el + valiente (o el + zumbado, que a veces es lo mismo), se atreve a sacar un pie fuera, como el hombre que pisó por primera vez la Luna, **ta,** luego el otro, **ta,** y finalmente el cuerpo, **tatán.** Se aleja un par de pasos. Los demás, al ver que no cae desintegrado por el sol, también nos animamos a salir.

Bueno, por eso y, sobre todo, porque Rogelio ha cogido un cepillo de barrer y nos está metiendo escobazos. Por lo visto, no somos los primeros a los que nos ha costado querer «entrar en contacto con la naturaleza».

La partida de **Eliminación Pro** es muy importante, porque sirve de entreno, para que te acostumbres a usar la marcadora de aire comprimido o «bazuca M-20», como la llama Pollo, y practiques la puntería.

Rogelio Muchamarcha nos mete unas cuantas bolas a cada uno y nos dice que cuenta hasta 10 para empezar la partida. En cuanto recibamos un disparo debemos abandonar el campo de juego. **Sin excusas.**

Rebeca levanta la mano. No me lo puedo creer, ¿qué es lo que no ha entendido?, ¿lo de contar hasta diez?

-¿Puedo reunirme con mi equipo un segundo? -pide.

Las nueve **Barbies Asesinas** juntan mucho las cabezas. ¿De qué hablarán?, ¿qué puede interesarles tanto?: ¿cómo conseguir mantener el pelo perfecto con el casco puesto?, ¿cómo hacer para que se vean sus camisetas superajustadas debajo del mono?

Cuando terminan, Rebeca dice chillando:

-¡¡¡MAPS!!! -aquí todas aplauden y dan chilliditos.

-M.

-A.

-P.

-S.

-¡¡¡*MAPS*!!! -y son tan pijas que se sacan el *gloss* del bolsillo, con la mano en la que no llevan el móvil para hacerse quinientas mil fotos, y los chocan.

Rogelio empieza la cuenta atrás:

10...

CONSEJO 52:

LO MÁS IMPORTANTE ES BUSCAR UN REFUGIO.

Veo un montón de ladrillos. Debieron de sobrarles al hacer la casa y por no recogerlos...

9, 8...

Corro hacia ellos...

7, 6...

Me tiro en plancha. No, no hace falta tirarse en plancha, pero así es más emocionante, en plan ejército y eso.

5...

Asomo la cabeza por encima, con cuidado, para controlar la situación...

4, 3...

Es increíble, pero **Rebeca**, entre el mono de protección, el casco de Darth Vader, los guantes, el peto de protección, las coderas, las rodilleras, la protección del cuello, el fusil..., **NO PUEDE MOVERSE**, es como si estuviese dentro de una de esas pelis a cámara lenta. Seguro que no conoce mi consejo 53:

CONSEJO 53:

TAMPOCO TE PASES PROTEGIÉNDOTE.

Que te van a tirar unas pelotitas, no vas a enfrentarte a una manada de perros rabiosos.

Con todo ese equipamiento tiene la misma agilidad que RoboCop y aún está en medio de la nada. ¡Bien, voy a pulírmela a la primera!

2...

Preparo el fusil...

1...

... le quito el seguro...

... y... y... y...

... alguien me da una patada muy fuerte en el pecho y me empuja. ¿Qué pasa?, ¿las Barbies tienen comandos karatecas o qué? Aunque muevo mucho los brazos tratando de mantener el equilibrio, la cabeza se me vence y con el peso del maldito casco me caigo hacia atrás. En la caída, el fusil se me escapa de las manos y sale disparada la bola. Me meto un culetazo tremendo, levanto la cabeza y, **¡¡¡zaaaaasssssss!!!**, la bola me da en toda la jeta y revienta, ¡¡plas!!, tan pringosa como un huevo crudo, escurriendo por todo el casco.

Ha ocurrido superrápido, apenas en un minuto he pasado de estar a punto de cargarme a Rebeca a terminar en el suelo con la parte delantera del casco cubierta por una asquerosa plasta azul. **¿Qué ha ocurrido?**

No veo nada, los oídos me pitan, pero oigo una voz:

–Compi, compi, lo siento, compi.

Olvídate de los consejos anteriores, da igual encontrar un buen refugio, prepararte mucho y todo eso, porque lo más importante...

CONSEJO 54:

LO MÁS IMPORTANTE EN EL *PAINTBALL* ES MANTENERTE ALEJADO DE LOS PLASTAS.

–Es que quería ser tu guardaespaldas. Espera, **QUE TE AYUDO A...**

Se acerca para limpiar el pringue azul con la manga de su traje. Me pisa un brazo y me clava la punta del machete en la pierna.

-¡¡¡AAAAAAHHHHHH!!! ¡¡¡Aaaaaahhhhhh!!!

-Lo siento, lo siento...

-Déjalo, Pablo, déjalo. ¡¡Ya me has ayudado bastante por hoy!!

Al menos no se ha dado cuenta nadie. Pienso que si le cambio rápidamente el casco, será a él a quien eliminarán. No es que a mí me guste hacer trampas, es que es justo, porque toda la culpa ha sido suya.

Pero se oye por megafonía a Rogelio Muchamarcha:

-YA TENEMOS LA PRIMERA BAJA. Muy buena puntería: en plena cara. El participante debe **abandonar el campo.**

Es increíble. Lo he hecho genial y he sido la primera eliminada; en cambio, Rebeca, que todavía no ha conseguido llegar a ningún refugio, sigue sana y salva. Sana, salva y riéndose de mí. Bueno, creo que hasta los cadáveres de las cabras están burlándose de mí.

Me da tanta rabia que estoy a punto de lanzarme a estrangularla con mis propias manos cuando se oye un siseo: **SSSSSSSSSS.** Llega una pelota propulsada a toda caña y **¡¡¡zaaaassss!!!** Rebeca cae...

¡¡¡Buuummm!!!

... derribada como un edificio de veinte pisos. Cae tan fuerte que levanta una enorme nube de polvo del suelo.

(ME ALEGRO DE LLEVAR EL CASCO PUESTO PORQUE SEGURO QUE ESE POLVO ES RADIACTIVO)

Durante un par de minutos no se ve nada. Poco a poco va aclarándose. Alguien chilla pidiendo ayuda.

Miro al suelo y allí está Rebeca, pataleando convertida en un escarabajo pelotero, porque no consigue ponerse de pie sola. Los demás corren a ayudarla: Hugo, Julia, el Nuevo y Pollo (que llega el último por el problemilla de movilidad que te he comentado). Entonces ocurre algo **HORRIBLE.**

Uno a uno, conforme se acercan, van recibiendo pelotazos azules.

¡¡NOOOOOOOOO!!, me subo el casco y trato de avisarlos, ¡¡hay una francotiradora!!! Pablo Plasta se pone de pie chillando, se quita el casco, lo manda a tomar viento y desenvaina el machete en plan Rambo. La francotiradora lanza una pelota. Él sostiene el machete en alto. ¡Este ha visto demasiadas películas de Star Wars!, ¿se cree que es un caballero Jedi con una espada láser o qué?

Trato de avisarlo.

–Pablo, déjalo, Pablo, que la fuerza no te acompaña.

¡Madre mía, qué leñazo le va a meter! Cierro los ojos para no verlo (ni siquiera tengo el móvil para grabarlo y subirlo a YouTube). Aunque mejor no...

CONSEJO 55:

NUNCA TE PIERDAS UN BUEN ESPECTÁCULO GRATUITO.

Y en el último segundo, cuando ya casi va a impactar, levanta el machete y, usándolo como un bate de béisbol, le da a la pelota, que sale desviada y explota contra el suelo.

¿¿¿Quééééé???

Estamos todos con la boca abierta por la sorpresa. Bueno, yo la cierro enseguida, porque se me mete una mosca, ¡¡¡puajjj!!!

Llega otra bola yyyyyyyy también le da. ¡¡¡Bien!!!, chillamos y aplaudimos. Es tal el entusiasmo que Marina y Jorge sacan la cabeza de su escondrijo para ver qué pasa y Vicky y Noelia aprovechan para meterles, ¡¡zaaaassss!! **¡¡¡Zaaaassss!!!**

La maldita francotiradora tiene muy buena puntería; aun así, Pablo Plasta consigue darles a cuatro bolas. Pero, de repente, sin ningún motivo, vuelve a agacharse, se mete el machete en el cinturón y viene gateando hasta donde estoy yo.

–¿Qué pasa? –le chillo abriendo mucho los ojos.

Se acerca y me suelta:

–Tengo que irme, me está sonando la sirena del culo.

–¿**La sirena del culo?**, ¿qué sirena del culo?

Y va y me lo explica. Si es que...

CONSEJO 56:

ANTES DE HACER UNA PREGUNTA ASEGÚRATE DE QUERER CONOCER LA RESPUESTA.

En cuanto se pone de pie, la francotiradora le alcanza, precisamente, en todo el culo, ¡¡¡zaaasss!!! Y un asqueroso olor empieza a extenderse alrededor.

–Pablo, tío –chilla Pollo–, **¡ESTÁS PODRIDO!**

Acaba de caer el último superviviente de la Comunidad del Anillo.

El resultado es:

- **LA COMUNIDAD DEL ANILLO: 8 BAJAS.**
- Las Barbies Asesinas: 1 baja.

No es que nos hayan ganado, es que nos han dado una paliza. Entonces..., entonces... Rebeca se pone de pie dando un saltito.

¿Quéééééééé?, ¿no se supone que no podía levantarse? Se acerca a la francotiradora por culpa de cuya puntería hemos perdido. Y me doy cuenta de que al lado de Rebeca es muy pequeña, tan pequeña que no puede ser otra que..., que...

¡¡¡Raquel!!!

Ahora entiendo por qué lleva dos semanas entrenando con la Wii a la diana, ¡¡desde el principio sabía que vendría a mi cumple!! Recuerda siempre el siguiente consejo:

CONSEJO 57:

SI VAS A JUGAR AL *PAINTBALL*, ENTRENA LA PUNTERÍA EN CASA.

Las demás Barbies Asesinas se acercan tan contentas.

-¡¡¡MAPS!!! -aquí aplauden, dan chilliditos y se hacen fotos mientras cada una forma una letra con los dedos.

-M.

-A.

-P.

-S.

-¡¡¡MAPS!!! -y vuelven a chocar con el *gloss* que sacan del bolsillo.

Estoy furiosa, pero disimulo con una sonrisa para que no se note cuánto me fastidia que nos hayan ganado. Rebeca viene hasta mí.

-Ja, habéis picado, ¡chúpate esa! -saca una foto de mi cara por las buenas.

-¡Han utilizado una táctica! -dice Julia, sorprendida.

Ahora lo veo claro, claro transparente: Rebeca se ha dejado matar a propósito, por eso no se había escondido; pretendía que la matásemos para después pedir ayuda y que, al ir acercándonos, su francotiradora, la traidora de Raquel, pudiese dispararnos. ¡¡Zas!!

Es evidente que Rebeca no conoce los **10 mandamientos imprescindibles que todos deben obedecer el día de tu cumple.**

Saco una de las copias que llevo en el bolsillo y le señalo el octavo: «Los demás tienen que dejarte ganar en todos los juegos».

–¿Qué es esto?

–Lee –le respondo, aunque no estoy segura de que tanta letra junta...

Durante unos minutos se concentra en la hoja y después me suelta:

–¿Sabes lo que opino de estos ***mandamientos?***

Y antes de que pueda decir nada, la tía hace una bola con la hoja y le pega una patada.

CAPÍTULO 15

LA MERIENDA

Desde luego, el cumpleaños no está resultando como yo esperaba. Creo que nadie, nadie ha cumplido los **10 mandamientos** (paso de comentar lo de Rebeca).

Rogelio Muchamarcha dice que es la hora de la merienda y todos aplaudimos entusiasmados. ¡Plas, plas!, ¡bien, bien! No, no es que tengamos hambre, es que estamos deseando dejar de estar en contacto con la naturaleza.

Nos quitamos corriendo los trajes. El mío está **empapado de sudor**, tanto que le escurro las mangas y sale un charco tan grande que si las cabras aún estuviesen vivas vendrían a darse un baño para refrescarse.

—Esto no puede seguir así —dice Julia mientras se aplica el inhalador a la nariz—. **Es necesario que nos organicemos.**

Julia es nuestra *coach* deportivo y de alto rendimiento, nuestra psicóloga deportiva. Se sabe un montón de trucos.

—¡¡Tenemos que volver a ser **un equipo!!** Esa es la clave. Volver a ser la Comunidad del Anillo. Pollo, dale una camiseta a cada uno.

Pollo protesta un poco, pero empieza a quitarse camisetas y a repartir.

—Para Frodo...

La cojo con la punta de los dedos. Está mojada y asquerosilla.

-Para el enano Gimli:

-Para Gandalf:

-Para Sam:

-Para Legolas:

-Y para Merry:

—¿Y para Hugo? —pregunto mosqueada al ver que no le da una.

—Hugo no es de la Comunidad...

Pollo tiene razón. Nosotros, ya te lo he dicho, parecemos Desechos S. A, y Hugo es de esos que casi dan asco de tan perfectos, de los que ganan en todos los juegos sin cansarse ni despeinarse siquiera. En el campamento era nuestro enemigo, pero ahora es mi novio... Así que este consejo es importante:

CONSEJO 58:

DEFIENDE A LOS TUYOS.

—Pues ahora **sí que es de la Comunidad...**

Hay un murmullo de protesta.

—Da igual, Sara, no importa —dice Hugo.

¡Ay!, ¿ves como es perfecto?, ¡qué majo!

—Hugo será, será... —no me acuerdo de ningún nombre de *El Señor de los Anillos*—, ¡será Galadriel!

—¿Así, **por las buenas?** —pregunta Jorge poniéndose chulo.

Trago saliva dos veces. La boca se me ha quedado seca. Pero no puedo ceder. No puedo abandonar a Hugo. No veo ninguna motosierra ni ninguna hacha cerca, así que mi muerte no será instantánea...

—Por las buenas no; porque yo soy Frodo y **PORQUE ES MI CUMPLE.**

Julia pone un poco de paz. Nos recuerda que la única manera de ganar es estando unidos. Pollo, a regañadientes, se quita otra camiseta y se la da a Hugo.

—¡Toma, Galadriel! —dice con voz de pitorreo.

—Necesitamos un rotulador gordo —ordena Julia.

—Yo tengo, yo tengo —chilla Pablo, y se pone a rebuscar en su supermochila de Dora.

Les damos la vuelta a las camisetas, para que no se lean los «inteligentes» mensajes de Pollo, y Julia escribe en todas:

«La Comunidad del Anillo».

Rogelio Muchamarcha saca la merienda: patatas fritas, ganchitos birriosos y hamburguesas. Nos pone una botella de refresco a cada uno y va arrancando las chapas con un abrebotellas. Pablo, que se ha empeñado en sentarse a mi lado, empieza a temblar. ¡Espero que no sea otra vez la sirena de su culo!

–¿Puedo, puedo quedarme **las chapas?** –pregunta, nervioso.

–¿Las chapas? Sí..., supongo.

–¿Hay más? –dice lanzándose como si fuesen un tesoro y alguien se las fuera a quitar.

–No sé, las tiramos todas allí, al cubo de la basura –contesta Rogelio, y señala la parte trasera.

Pablo Plasta ***SALE DISPARADO*** a rebuscar. Tengo que decirte que verlo con medio cuerpo en el cubo ni siquiera me sorprende, porque Doble P es el típico al que te imaginas comiendo algo que antes estaba en la basura.

En fin, que paso de mirar y prefiero concentrarme en mi hamburguesa. Abro el pan y ¡¡¡la hamburguesa es enana!!!

—A mí me ha tocado la hamburguesa para vegetarianos —dice Pollo al ver el tamaño.

—**¿Hay kétchup?** —pregunto a Rogelio.

Porque algo que sabemos todos los niños (y que los padres se niegan a entender) es que la única cosa mágica capaz de arreglarlo todo es ¡¡¡el kétchup!!! El paraíso de los niños no son árboles que dan chuches, son **ríos y cataratas de kétchup.** Así que...

CONSEJO 59:

TEN SIEMPRE CERCA UN BOTE DE KÉTCHUP.

Con un poco de kétchup, la vida es mejor. Te lo prometo. Si se les pudiese poner a los exámenes de Lengua, ganarían mucho. Bueno, mejora todo excepto estos bocadillos que, aun llenándolos de kétchup, siguen teniendo la misma pinta.

Ahora entiendo que Rogelio haya insistido para que los padres se fuesen a dar una vuelta... ¿Me lo como?, **¿arriesgo mi salud?** Afortunadamente, tengo una de esas ideas geniales que se me ocurren todo el rato.

CONSEJO 60:

SI CREES QUE ALGO PUEDE MATARTE, CONSIGUE QUE LO PRUEBE OTRO ANTES.

Vale, confieso que no se me ha ocurrido a mí: lo he aprendido de los egipcios en un tebeo de Astérix y Obélix.

¿A quién puedo engañar para que lo pruebe?, ¿a quién?

-PABLO -grito-. **PABLO, PABLO.**

Chillo un montón porque sigue «entretenido con lo de las chapas».

-Veeennnn.

El pobre huele fatal y lleva una hoja de lechuga en la cabeza. ¿Se la quito?, la verdad es que está tan mono...

–Toma, Pablo, tu hamburguesa. COME, QUE SE ENFRÍA...

Pablo sonríe, se la zampa encantado y al instante se pone las manos en la boca y sale pitando al baño... Los demás apartamos nuestros platos y nos lanzamos a por las patatas y los ganchitos.

-¡¡¡Llega la tarta!!! –dice Rogelio Muchamarcha.

La tarta tiene una pinta fantástica, viene ya con todas las velas, es perfecta, como un pastel de boda. Soplamos las velas y posamos para la foto (luego Rogelio tratará de vendérsela a mi madre como el mejor recuerdo del cumpleaños).

–Vamos, chicos, cantad el *Cumpleaños feliz* a vuestra amiguita. Vamos, cantad...

¿Este está tonto?, ¿aún no sabe que los niños no cantamos

esas chorradas voluntariamente? Vuelve a la carga un par de veces, hasta que Jorge lo mira con su cara de «yo pierdo los nervios enseguida» y nos deja en paz.

Mientras, el Nuevo trata de clavarle una cuchara a la tarta. Lo intenta. Lo intenta. Lo intenta de verdad.

-Eh, enano, ¿qué haces? ¡¡No ves que la vas a **romper!!**

Rogelio levanta corriendo la tarta de la mesa. Pablo ha conseguido hacerle una raja y se nota que es de corcho.

-¡Que la necesito para los otros cumpleaños!

¡¡Es una tarta reutilizable!!

CAPÍTULO 16

DUELO DE LISTILLAS

Vemos a **REBECA** y sus **BARBIES ASESINAS** entrar al baño cargadas con sus neceseres. Es la oportunidad que esperábamos para planear nuestra propia táctica, ya que van a necesitar un par de horas para volver a tener una pinta megaguay...

CONSEJO 61:

ANTES DE JUGAR AL *PAINTBALL*, LÉETE UN MANUAL DE TÁCTICAS Y ESTRATAGEMAS MILITARES.

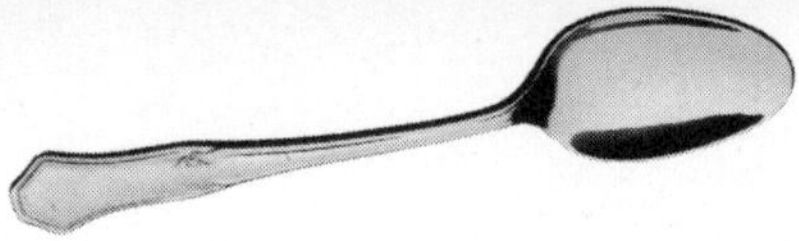

Julia se ha leído tres: *Sobrevive en la guerra con un tenedor, Sobrevive en la guerra con un cuchillo, Sobrevive en la guerra con una cuchara* (ya no escribieron más porque ya no les quedaba más cubertería). Empieza por una pregunta fácil:

–¿Sabéis cuál es la mejor forma de acertarle a alguien?

–**¿Rezar todo lo que sabes?** –contesta Pablo.

–¡Qué idiota! ¿Cómo vas a darle a otro rezando? –dice muy serio Pollo.

Me quedo mirándolo. Es la primera vez en su vida que dice algo sensato, ¿estará cambiando? Entonces añade:

–Rezar solo **SIRVE PARA QUE NO TE DEN,** no para acertar tú. Eso lo sabe cualquiera. ¡Por favor, que no me den!, ¡por favor, que no me den! –pide juntando las manos.

Sin comentarios.

–¿Tener mucha potra? –contesta Jorge.

Más sin comentarios.

–Adoptar una **buena posición** de tiro manteniendo firme **TU OBJETIVO** en postura de decúbito prono –suelta Marina de golpe.

Nos quedamos mirándola más alucinados que si hubiese aparecido un extraterrestre vestido de andaluza.

–Alguien se ha picado, alguien se ha picado... –empieza a cantar Pollo.

Jorge le mete **una colleja** tan descomunal que la cabeza le retumba como a uno de esos perros tan graciosos que se ponen en la bandeja trasera de los coches.

(LO BUENO DE TENER NOVIO ES QUE TÚ NO TIENES QUE "MANCHARTE LAS MANOS" SI NO QUIERES)

–¿Qué pasa? He leído un poco de estrategia militar antes de venir.

Traducción a idioma normal: como soy la más lista y quiero seguir siendo la más lista, me he empollado un montón de libros, porque no me da la gana de que Julia me gane.

—¿Posición de **decubiqué**? —pregunta el Nuevo.

—*Decúbito prono* significa tumbarte boca abajo —empieza Julia.

¡¡¡Qué horror, sin darnos cuenta estamos en medio de un **duelo de listillas**!!!

Si te ocurre esto, sigue este consejo:

CONSEJO 62:

PONTE EN MODO BLA, BLA, BLA.

El modo bla, bla, bla es utilísimo. Sobre todo se emplea en:

1 Larguísimas explicaciones de profesores.

2 Broncas de tus padres.

3 Duelos de listillos.

4 Cada vez que Pablo Plasta empieza a contar uno de los fantásticos viajes que ha hecho con sus padres.

¿Que cómo se hace? Muy fácil, todo lo que dicen entra por tu oreja, allí se cambia por **bla, bla, bla,** y así sale por la otra.

Y mientras, tú puedes pensar en lo que te dé la gana.

Voy a ponerte un ejemplo. Julia suelta su rollo:

–Hay una serie de recomendaciones fundamentales: la primera es movimiento...

Pero lo que yo oigo es:

–Bla, bla, bla, bla, bla...

–Bla, bla, bla –la interrumpe Marina–, bla...

Y lo que yo pienso: «Ay, qué guapo es Hugo».

Hugo, pasando de ellas, me dice bajito al oído:

—Te he traído **UN REGALO.**

Me lo da por debajo, para que no lo vean los demás. Esto es muy, muy emocionante. ¡¡¡Es el primer regalo que me hace un chico!!!

(un chico que no sea un amigo, esos no cuentan)

Sonrío para disimular, pero por dentro estoy rezando: «Por favor, por favor, que no sea un puñado de chapas ni de petardos...».

Dentro hay una caja. ¿¿¿Cómo se abre esto??? Cuando ya llevo un par de minutos clavando las uñas y estoy a punto de romperla, Hugo me la quita y le da a un resorte que yo no había visto. Se abre y hay... **¡¡¡una cadena con un colgante con la letra S!!!**

¿Hace falta que diga que es lo más bonito que he visto en mi vida? Me la pongo enseguida. Le doy la mano fuerte. **Hugo sonríe.**

Julia y Marina han seguido discutiendo la táctica y ahora ya es el momento de salir del modo bla, bla, bla, porque tampoco es cuestión de ser la única que no se entera de nada.

–Vamos a utilizar la táctica militar del ataque lateral –explica Marina.

¿ATAQUE LATERAL?, ¿qué es eso? A mí como si dicen que van a usar la táctica de los «garbanzos con chorizo».

–Recordad que lo más importante es que cada uno debe aprovechar su **TALENTO ESPECIAL** por el bien del equipo.

Julia nos enseñó en el campamento que aunque no lo parezca (y prefiero no dar nombres) todos y cada uno de nosotros somos los mejores en algo. Hay que descubrir cuál es tu talento especial y unirlo a los de los demás.

CONSEJO 63:

OLVÍDATE DE TI MISMO: PARA GANAR HAY QUE SER UNO PARA TODOS Y TODOS PARA UNO.

(ESTE ES DIRECTAMENTE DE JULIA)

Nos divide en tres grupos:

★ **EN EL LADO FUERTE:** Marina, Jorge, Pollo y Pablo (sí, ya sé que parece una locura, pero acuérdate de cómo maneja el machete/espada láser). Son los atacantes.

★ **En la defensa:** Julia y el Nuevo. Tienen que estar ocultos hasta que alguna Barbie se ponga a tiro.

★ **En el lado débil:** yo y Hugo. Seremos los ojos del equipo. Debemos permanecer ocultos para protegerme.

–El principal problema –dice Marina– es cómo nos comunicaremos. Tendremos que hacernos señales.

–¿Señales?, ¿de humo?, ¿como los indios? –pregunta Pollo entusiasmado, y saca el mechero que ha traído para los petardos.

Julia y Marina siguen a lo suyo.

–Si el enemigo está en un ángulo de alcance de 45 grados –empiezan a decir–, imitaremos a un pájaro:

pío, pío.

—Si está en un ángulo de 90 grados, haremos el perro: **guau, guau.**

Pollo las interrumpe y se atreve a decir lo que los demás estamos pensando.

—¿Se os ha ido la olla completamente? ¿45 grados, 90 grados?, ¿qué va después?, ¿el **TRIÁNGULO ISÓSCELES?**

Pone cara de colgado y empieza a hacer triángulos con los brazos, triángulos de todos tipos, porque, descarado, no sabe cuál es el isósceles (en realidad..., una vez aprobado el examen..., ¿quién lo sabe?).

—¿Creéis que estamos en clase de repaso de Mates o qué? —sigue diciendo.

Las dos nos miran y, cuando esperamos que nos den la razón, ***¡¡van y se cabrean!!*** Y dicen que con todo el esfuerzo que han hecho por nosotros y encima no les hacemos caso y que somos unos desagradecidos y...

Ahora lo veo claro: ¡no es que se hayan convertido en profesoras, es aún peor! ¿Puede existir algo peeeeeorrrrrrrr? **Sííííí.**

Son..., son... madressssssss. ¡¡¡Ahhhhhhh!!!

De un momento a otro van a decir que cuando termine la partida tenemos que recoger todo y dejarlo limpio o se nos caerá el pelo...

Me acerco hasta ellas, les pongo la mano en la frente: les ha dado una insolación. Evidente.

Las obligamos a tumbarse en el suelo a pesar de lo sucio que está. El pelo de Marina cae encima de un **chicle de fresa masticado,** pero no se lo decimos (ya se llevará la sorpresa cuando su madre se lo diga a gritos en casa).

Mandamos a Jorge a mojar un par de camisetas en el baño. Vuelve enseguida. Tarda tan poco que no sé si en vez de en el lavabo no las habrá mojado en la taza del váter. **Mejor no saberlo.** Jorge es capaz de cualquier cosa.

Se las ponemos en la frente y poco a poco van recuperándose, aunque continúan dando instrucciones sobre cómo comunicarnos con ruidos...

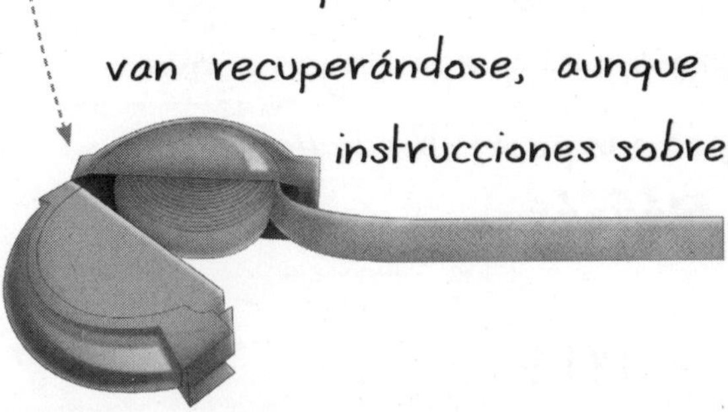

—Lo único bueno —dice Marina, que ni tumbada puede callarse— es que las Barbies tampoco podrán hablar entre ellas.

Llega Rogelio Muchamarcha diciendo que es la hora de salir. A base de golpes en la puerta consigue que las Barbies Asesinas salgan del baño. Lo primero que hace Rebeca es abrir una mochila enorme que habían dejado en un rincón.

—Chicas, aquí están los WALKIE-TALKIES. Pillad uno cada una...

—¿¿¿Quéééé??? —chilla Marina poniéndose de pie de un salto.

Pues va y es verdad. Tenemos que volver a tumbar a Marina y ponerle otra vez la camiseta empapada en la cabeza. Jorge la ve tan mal que le ofrece un batido.

Las Barbies Asesinas preparan sus móviles, se hacen quinientas fotos con el *walkie* en una mano, en otra, haciendo que hablan, poniéndolo como una pistola... ¡¡¡Por favor, ya deben de haber **petado el Tuenti!!!**

-¡¡¡MAPS!!! -aquí todas aplauden, dan chilliditos y chocan los *walkies* en vez del *gloss*.

-M.

-A.

-P.

-S.

CAPÍTULO 17

Rogelio Muchamarcha pregunta quiénes vamos a ser los comandantes.

Rebeca, por supuesto, es la comandante de las Barbies Asesinas.

¿Y en la Comunidad del Anillo?, ¿quién es el más preparado, quién practica más deporte, quién está acostumbrado a jugar en equipo, quién planifica las maniobras?, ¿el Nuevo?, ¿Julia? Noooooo, la comandante **SOY YO.**

Bueno, vale, igual ellos saben más de estrategia, de puntería y de esas cosas insignificantes, insignificantes, pues lo importante es que el cumpleaños es mío, yo soy la que «paga», así que soy la comandante. Recuerda:

CONSEJO 64:

QUE SE FASTIDIEN LOS DEMÁS, EN TU CUMPLEAÑOS, LA IMPORTANTE ERES TÚ.

Ya te lo he dicho antes: **hoy no es un día en el que el mundo deba ser justo, hoy es un día para que yo sea feliz.**

Rogelio nos repite las normas: el juego se termina cuando se elimina al comandante del otro equipo o a todos los jugadores del equipo contrario.

Volvemos a ponernos todo el equipamiento: el mono de protección, el casco de Darth Vader, los guantes, la marcadora y nuestras camisetas especiales de la COMUNIDAD DEL ANILLO.

–Ahora os daré un distintivo a los comandantes para identificaros.

¿UN DISTINTIVO?, ¿qué será: una placa tipo *sheriff*, una medalla de comandante, un gorro, una chaqueta chula?

El tío aparece con unas... **¡¡PLUMAS!!** Pero... ¿se cree que somos gallinas o qué?, ¿de dónde las habrán sacado? Me parece que aquí no solo se han muerto las cabras...

Nos obliga a ponérnoslas en el casco de Darth Vader, y como no hay donde engancharlas nos las pega con dos **TROZOS DE CELO.** ¡¡Ya me estoy arrepintiendo de no haber dejado mandar a Julia...!! Y justo cuando estoy segura de que ya no se puede estar más ridícula, **¡¡zas!!** Un *flash* me ciega.

–Es para nuestra página –dice Rogelio Muchamarcha.

–¿Qué pasa, no te vale con una recreación de mi jeta? –pregunta Pollo haciendo muecas, metiéndose los dedos en la boca para estirársela, bizqueando, tirándose de las orejas...

Todos nos echamos a reír..., todos menos Rogelio Muchamarcha, claro.

-¿Preparados? -pregunta.

El tío ha cogido el cepillo para volver a atizarnos si no lo estamos.

-Vamos, Galadriel -vuelve a decir Pollo con recochineo.

Chocamos y cantamos: ¡¡Comunidad!! ¡¡Comunidad!!

Vamos a machacar a **las Barbies Asesinas.**

Rogelio Muchamarcha se cansa de esperar y nos pega con la escoba.

-Vamos, vamos, al escenario temático.

¿Escenario temático?, ¿de qué tema?, ¿la matanza por inanición de las cabras y las gallinas? Cada equipo nos colocamos en una punta del «escenario temático». Yo y Hugo nos escondemos detrás de los esqueletos de cuatro cactus chungos, que una vez allí resultan ser de cartón y alfileres pegados con celo. ***¡¡¡Por favor!!!*** Enseguida empieza la batalla: Marina está decidida a jugar de forma agresiva y a actuar con rapidez.

—Vamos —ordena desde detrás de un montón de ladrillos que alguien se ha olvidado en mitad del campo.

Pablo Plasta se sube a los ladrillos machete en mano, pero no sé cómo se enreda en la cuerda del machete y se lanza a dar una voltereta adelante con salto de medio giro y piernas abiertas, volando por encima de los ladrillos, para terminar en plancha en el suelo, **¡¡PUUUMMM!!**

Al llegar al suelo, vemos que le han alcanzado, ¡¡¡zas!!!, en toda la barriga (normal, es la zona más fácil de acertar, pues le sobresale tanto que llega a los sitios dos minutos antes que él). Aun así, todos, incluso Rebeca, aplaudimos a Pablo entusiasmados.

—Bravo, bravo —dice Pollo.

Nuestra admiración es sincera: es dificilísimo dar esa voltereta sin impulso. Si Félix, mi profe de Educación Física, estuviese aquí alucinaría, seguro que ahora sí que le aprobaba. En clase, con muchííísimo esfuerzo, solo fue capaz de hacer la «croqueta».

CONSEJO 65:

HAZ LAS COSAS EN EL MOMENTO ADECUADO.

Aprovechando el desconcierto, el Nuevo (que es el único que pasa de lo de Pablo Plasta, porque, como no va con nosotros a clase, no sabe la proeza que acaba de realizar) apunta y de un único tiro **se pule a una Barbie...**

{ Es difícil distinguir quién es quién. Solo se ve a Raquel por su tamaño y a Rebeca porque parece una gallina (lo cual me recuerda que seguramente yo también lo parezco). }

El Nuevo carga el fusil y, ¡¡¡zas!!!, pleno en la cabezota de **otra Barbie.** Esto debe de ser la precisión de tiro de la que hablaba antes Julia: golpear justo donde estás apuntando, y eso que el tío no puede apoyarse en ningún sitio porque lleva su pelota, James, en la tripa.

Ha sido superemocionante. **¡¡Yo también quiero** cargarme a una Barbie ya, ya!! Cojo una bola, trato de meterla en el cargador, trato de meterla, sigo tratando de meterla, la escacho (estoy roja por el esfuerzo), le pego puñetazos, sigo tratando de meterla (casi no puedo respirar dentro del casco), agarro el fusil con las piernas, la empujo con todas mis fuerzas y... de repente todo se nubla, ¡¡no veo nada!!

¿¿¿Qué pasa???

Noto algo en el brazo. ¡¡¡Ahhhh!!!, grito con todas mis fuerzas. ¿Es el fantasma de una cabra muerta? ¡¡¡Ahhhh!!!

–Soy yo, soy yo –dice Hugo–, tranquila.

Me ayuda a quitarme el casco. **EL CORAZÓN ME VA A MIL POR HORA.**

—Si respiras tan fuerte, se empaña —me explica limpiándolo con la manga.

Por lo visto, él ha jugado ya varias veces al *paintball* y es un experto. Ya te he dicho que es casi perfecto y **¡¡SÍ, SÍ, ES MI NOVIO!!**

—Hay bolas defectuosas y esas no entran. Para que valgan tienen que ser redondas, como naranjas.

CONSEJO 66:

CUANDO JUEGUES AL *PAINTBALL*, ASEGÚRATE DE QUE LA BOLA SEA REDONDA Y NO AMORFA.

La mía, en vez de a una naranja, se parece a un pimiento, a un pimiento mal hecho. La tiro al suelo y cojo otra. Esta vez sí que entra. Ya está. Ahora tengo que acordarme de apoyar los brazos para conseguir más estabilidad, apuntar y... todavía estoy colocándome cuando, **¡¡pum!!**, en la parte delantera del campo se produce una tremenda explosión, y otra, ***¡¡pum!!***, *¡¡pum!!*

¡¡¡Aaaahhh!!!

No me fastidies que, en la mochila, Rebeca también llevaba granadas de mano... Es el colmo, ¡¡¡eso no vale!!! ¡¡Pum!!, ¡¡pum!!

Asomo la cabeza para mirar, pero Hugo me tira de un pie y me tumba en el suelo. ¿¿¿Quéééééé??? Justo en ese instante, una bola me pasa rozando y **se estampa en uno de los cactus,** dejando un manchón azul.

-¿Estás loca? Si haces eso, te volarán la cabeza.

Me obliga a ponerme otra vez el casco, a agachar la cabeza, estar tumbada y mirar desde allí. Me posiciono y miro. No sé qué espero ver, quizá la Tercera Guerra Mundial o algo así, pero lo que veo es a...

-¡¡¡Pollo!!!

Resulta que las explosiones no son de Rebeca, son los petardos de Pollo, que en una acción conjunta con el Nuevo está puliéndose a las Barbies.

—Les está tirando bombetas y gira-suelos. ¡Mira, mira, ahora bolas de humo! —dice Hugo, entusiasmado—. **¡¡Qué tío!!**

Pollo, totalmente kamikaze, va tirándolos a «pecho descubierto» dentro de sus escondites, por lo que no les queda más remedio que salir y el Nuevo las mata. ¡¡Bien!!

Tengo ganas de aplaudir. Así vamos a ganar enseguida. Y entonces..., entonces... se oye claramente **PI, PI, PI, PI,** es la alarma del reloj de Pollo, que le avisa de que le toca entreno de chuparse el codo. Pero no, no es tan tonto como para ponerse a...

¡Resulta que sí, sí que es **TAN TONTO!** Y, claro, en cuanto suelta los petardos y se acerca el codo, Raquel le mete un bolazo espectacular en todo el hombro, **¡¡¡ZAS!!!**

Sigue la partida, hay un intercambio de bolas. Me asomo un poco tratando de que no me vuelen la cabeza y de no pincharme con los cactus y veo algo que se mueve a la derecha. ¿Qué es eso? Respiro despacio para que no se me empañe el casco. ¡¡¡Madre mía!!! Son un par de Barbies que gatean hacia donde está Julia tirando bolas defensivas. ¡¡Tengo que avisarla!!

¿Cómo era?, ¿cómo era?

-MIAU, MIAU -empiezo, pero, como no me hace caso, sigo-: Quiquiriquí, quiquiriquí, guau, guau, guau, pío, pío.

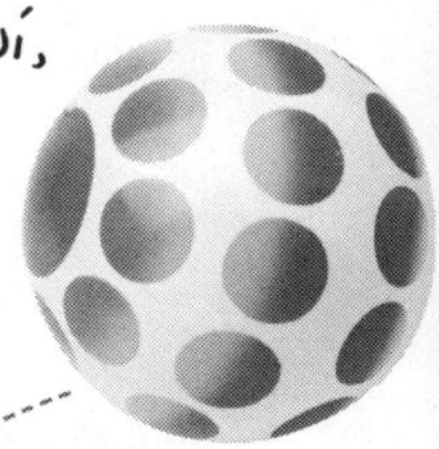

Me está entrando complejo de granja.

-Beee, beee.

Por fin, Julia me oye. Levanta una mano haciendo OK y... ¿¿¿qué hace???, ¿es idiota? Justo se da la vuelta en la dirección equivocada, dejando la retaguardia al descubierto.

-Bee, beee. Pío, pío, pío. Cua, cua.

Ni caso. Ella, al revés

-Guauuuu, guauuuu...

Y le meten de lleno tres bolas en toda la pierna. Evidente.

Encima, mientras sale del campo cojeando, Julia parece enfadada, ¿se puede ser más **egoísta?** ¡Con lo que me he esforzado en ayudarla! Debería aprender mi siguiente consejo...

CONSEJO 67:

AGRADECE LOS FAVORES QUE TE HAGAN.

La próxima vez dejo que la maten y punto.

(O LE QUITO EL INHALADOR)

Las Barbies Asesinas pegan duro y bolean sin parar. Nosotros nos estamos quedando sin munición. Ahora entiendo por qué Rebeca ha pagado el suplemento de mil bolas extras (suplemento que mi madre, ¿adivinas?, ha dicho que era **una tontería,** porque no las íbamos a utilizar).

Me quedan siete bolas y me estoy poniendo nerviosa. ¿Qué les tiraré después?, ¿los zapatos?, ¿les tendré que escupir? Por lo visto, no soy la única que tengo esa duda, porque, de repente, del parapeto tras el que se esconden Marina y Jorge sale disparado un proyectil no identificable y se queda en mitad del campo.

¿Qué era eso? Desde luego, no era una bola azul. Hugo también se ha dado cuenta y se encoge de hombros. Se oyen gritos y sale disparado otro misterioso proyectil y otro más y otro y, a continuación, lo que sale disparado del escondite es Jorge Moliner.

Pero... **¿¿¿qué hace???**

Detrás de él sale persiguiéndolo Marina.

-¡¡¡No, no, que te van a matar!!! -grita.

Jorge llega hasta donde han caído los misteriosos proyectiles y se pone a recogerlos.

-¡SON LOS BATIDOS! -dice Hugo.

Tiene razón. A Marina no se le ha ocurrido nada mejor que lanzar los batidos de vainilla de

Jorge. Están al descubierto y, claro, **¡¡¡zas!!!, ¡¡¡zas!!!,** se los pulen de dos tiros limpios.

A Jorge, la verdad, no parece importarle mucho. Clava una paja, ansioso, en uno de los batidos y se pone a bebérselo mientras se marchan. ¡¡Ni siquiera van de la mano!! Bueno, lo cierto es que Marina se ha pasado un montón.

Después no ocurre nada. Nada (solo el calor). Cinco minutos y todos quietos, sudando, corriendo el riesgo de ahogarnos porque los cascos se están convirtiendo en peceras (hay más agua dentro de la que yo bebo al día). Hasta me parece ver crecer un alga en el de Hugo.

Rogelio Muchamarcha tiene ganas de irse a su casa y dice por megafonía:

-LOS MARCADORES SON:

Equipo azul (Barbies Asesinas), sobreviven cuatro miembros.

Equipo naranja (nosotros): sobreviven tres miembros.

Os quedan diez minutos para terminar la partida.

Se oye el sonido de los *walkies* de las Barbies, pero no lo que dicen. Están preparando un **Plan De ataque.** Fijo. De pronto empiezan a caer bolas sobre el Nuevo. Hugo y yo ni siquiera podemos disparar para protegerlo (por eso de que nos quedan siete bolas), y entonces ocurre...

¡¡Era una trampa para desviar nuestra atención!!

Hay dos Barbies Asesinas casi encima de nosotros.

Normal que no nos hayamos dado cuenta. Lo de arrastrarse se les da genial, porque son todas unas víboras.

Se me olvida lo de controlar la respiración y el casco empieza a empañarse otra vez, ¡¡mierda!!

Pero Hugo es más rápido y cumple su papel: proteger al comandante. Se lanza en plancha disparando una ráfaga de bolas (bueno, una minirráfaga, tampoco hay que exagerar) y se carga a las dos, pero Raquel, desde detrás, le alcanza en la espalda.

–Ten cuidado –me dice antes de irse–. No hagas locuras.

Es el momento de que me dé **un beso,** pero, claro, con los cascos **no es lo mismo.**

CAPÍTULO 18

GAME OVER

Ahora estamos empatados: dos a dos. Según las reglas, bastaría que muriese cualquiera de nosotros para que los otros ganaran. ¿Raquel?, ¿Rebeca? ¡¡¡Ay, no sé a quién me gustaría más **cargarme**!!!

—¿Estás bien, Álex? —le chillo al Nuevo, llamándolo por su verdadero nombre por primera vez. Prefiero no preguntarle cuántas bolas le quedan para no dar pistas, pero supongo que poquísimas.

—Sí, y ¿tú?

—Perfecta.

En realidad estoy muerta de miedo y tiemblo como un flan.

CONSEJO 68:

NO DESPISTAS AL ENEMIGO.

Me queda solo una bola. Intento recordar algo útil de lo que nos han dicho Julia y Marina antes de empezar, pero, claro, lo único que recuerdo es bla, bla, bla, bla.

Me he convertido directamente en un **erizo** de tantos alfileres como me he clavado, todo está hecho un asco con las bolas de pintura explotadas y he descubierto mi posición cuando han matado a Hugo, así que decido que lo mejor es ***PIRARME***.

Me tiro al suelo para gatear sobre el estómago, como he visto hacer a las Barbies Asesinas, pero es muy difícil tratar de avanzar con todo este equipo, el calor insoportable y el fusil. Me voy propulsando con las puntas de los pies y un poquito con los codos (como puedes imaginar, alcanzo la velocidad de la luz en unos segundos).

¡¡Por favor!! Me estoy cociendo como una gamba, tengo que luchar todo el rato para poder respirar, pero sin respirar muy fuerte para que no se me empañe el casco, cierro los ojos para que no se me meta dentro el sudor... y, de pronto, cuando ya parece que le he cogido el tranquillo..., **¡¡¡ZAAASSS!!!**, me doy un cabezazo contra un árbol. ¿Un árbol?, ¿es que había alguno?, ¿es de crecimiento «semilla-dos metros» instantáneo o qué?

Ahora, además de los codos y las rodillas, me duele mogollón la cabeza.

ME RINDO. PASO.

Que alguien me mate, yaaaaaaa, por favor, que termine con este sufrimiento. Y entonces lo oigo, muy bajito, pero oigo inconfundible una canción que me sé de memoria: ¡¡Comunidad!! ¡¡Comunidad!!

Escucharlos es como una inyección de vitalidad. ¡¡A la porra con el casco!! Me lo quito y caen un par de litros de sudor. Lo lanzo lejos, y aún no ha llegado al suelo cuando ya le han metido un bolazo.

¡¡Comunidad!! ¡¡Comunidad!!

No puedo rendirme. No solo me atañe a mí. Soy parte de un equipo y eso quiere decir que dependemos de los demás, y que los fracasos y las victorias son de todos por igual.

{ Bueno, por eso y sobre todo porque Jorge puede ser muy agresivo cuando se enfada. Una vez, para cuando lograron detenerlo los profes, ya había obligado a Diego a comerse media zapatilla solo por decirle que tenía la letra fea... ¡Madre mía! Viendo la velocidad de Rogelio Muchamarcha, me tragaré el fusil entero. }

Vuelvo a propulsarme con las puntas de los pies, con la cabeza baja para que no me la vuelen, y en un minuto me trago tres puñados de tierra, piedras y seis hormigas (sí, seis, lo sé porque las cuento conforme me las saco de la **boca).**

Necesito un cambio de táctica, paso de seguir arrastrándome. Mientras trato de levantarme sin dispararme a mí misma la bola que me queda, ocurre algo totalmente inesperado: unos pies vienen andando hacia atrás y alguien (como no tiene ojos en el culo) no me ve, se tropieza conmigo y se me cae encima.

-¡¡¡Ahhhhhh!!! -chillo.

-¡¡¡Ahhhhhh!!! -chilla ese alguien.

¿Alguien? Esa voz..., esa voz... no es alguien, es... ¡¡¡Raquel!!!

-¡Me has hecho daño, idiota! -le digo mientras trato de recuperar mi fusil.

-¡Eres una ___ y una ___ y una ___! -me chilla.

Prefiero dejar espacios en blanco que poner las cosas que me dijo, pues para ser una niña de siete años tiene un vocabulario muy amplio de palabrotas y seguro que luego no me dejarían publicarlo.

Imagínate las que quieras, **las peores,** y acertarás.

Soy más rápida que ella recuperando el fusil (tengo el brazo más largo) y le apunto directamente al pecho. ¡Ja, ja, ja, ja, ja, ja!

CONSEJO 69:

DISFRUTA DE LA VICTORIA. REGODÉATE.

–*Sayonara, baby!* –digo mientras aprieto el gatillo.

Pero algo falla, vuelvo a intentar apretar el gatillo, esta vez con todas mis fuerzas, y no consigo que se mueva... **¿QUÉÉÉÉÉÉÉÉÉÉÉÉÉÉ?**, ¿se ha encasquillado? Venga ya, ¿qué más puede pasarme?, ¿que se me caiga un brazo?, ¿un ataque al corazón en directo?

Mientras, Raquel recupera su fusil y me apunta. ¡¡¡La he cagado!!!

—Vale, hazlo.

Esto es lo más patético que me ha pasado nunca: no solo tengo que celebrar mi cumpleaños con mi hermana pequeña, es que encima va y me gana. Cuando se sepa en el colegio voy a ser el hazmerreír de todos.

El sonido del *walkie-talkie* nos interrumpe.

—Charlie 1 para Charlie 7, ¿me recibes? Cambio —oigo a Rebeca.

¡¡Madre mía!! Esta se cree de verdad que está en la guerra, hasta se han puesto nombre, ¡y yo quejándome de Julia y de Marina!

—Aquí Charlie 7, te recibo. Cambio.

—¿Qué ha pasado, Charlie 7?, he oído gritos. Cambio.

—He capturado a su comandante, cambio.

Se oyen unas tremendas risotadas de Rebeca.

—¿Tienes a **la pringada de Sara?** ¡Sí, sí, sí!, esto es lo más: una cría de siete años explotándole una bola en toda la cara. Con esto va directa al álbum de frikadas, ja, ja, ja. Tienes que hacerle una foto con el móvil. Cambio.

—¿No tienes móvil con siete años?, ¿en qué planeta vives?, ¿en **el planeta pobreza?** —hace una pausa que una persona normal utilizaría para pensar, aunque ella a lo mejor está pintándose los labios–. Espera, no te muevas. Sin foto no valdrá. Es una orden. Espera, repito, no se te ocurra cargártela hasta que yo llegue. ¿Lo has oído? Cambio.

–Sí, lo he oído. Cambio.

–**¿¿¿Una foto???** –le digo a mi hermana, horrorizada–. No puedes dejar que me haga la foto. No, **por favor,** por favor, POR FAVOR...

Hago una pausa que yo sí utilizo para pensar en cómo puedo convencerla, porque:

CONSEJO 70:

SI ESTÁS ACORRALADO, USA MEDIDAS EXTREMAS.

Medidas extremas como el chantaje, el soborno, amenazar con romperle alguna parte del cuerpo (solo amenazar) o alguna de sus pertenencias..., aunque siempre es preferible empezar por las medidas menos violentas. Yo elijo el **SOBORNO.**

–Te daré lo que quieras, Raquel, **lo que quieras.**

Se queda un instante como pensando (aunque, a lo mejor, en vez de darle vueltas a mi propuesta está acordándose de cómo termina *Barbie en el lago de los cisnes*, yo qué sé, tampoco es una persona normal) y se quita el casco para verme mejor.

–¿Lo que quiera?

Asiento. Cualquier cosa es preferible a estar en el álbum de frikadas, sobre todo ahora que Pollo se va del cole y no sé cuándo habrá otro tarado capaz de superarlo. Imagino a mis hijos yendo al colegio y encontrándose mi foto, ¡perderé toda autoridad, no podré ni obligarlos a que se coman la verdura!

–Quiero..., **QUIERO TU HABITACIÓN.**

–¿Mi habitación? –no entiendo, ¿qué quiere?, ¿las paredes?, ¿las baldosas del suelo?

–Me dispararé a mí misma, y a cambio tú dormirás con Sofi y yo sola.

-¿¿¿Quéééééé???, ¿tú te vas del bolo o qué?

-20, 19, 18, 17, 16...

-¿Qué haces?

-Contar los segundos que faltan para que llegue Rebeca y te haga la foto.

-¡¡¡No puedes pedirme eso!!! No vale.

Esto me pasa por tratar de sobornar a alguien que no conoce las normas del soborno.

-15, 14, 13... Seguro que Rebeca sabe subirla a Tuenti y le da mogollón de publicidad... 12, 11, 10...

¡¡Madre mía, seré la única persona famosa en Tuenti antes de ser de Tuenti!!

-Vale, vale. ***¡¡¡Tú ganas!!!***

-Prométélo.

-Lo prometo -digo con desgana.

Este consejo es fundamental:

CONSEJO 71:

SI TE HACEN PROMETER ALGO EXCESIVO, CRUZA LOS DEDOS POR DETRÁS DE LA ESPALDA.

—¿Has cruzado los dedos? —me pregunta, mosqueada.

—¡Qué va! —me defiendo—. ¿Por qué dices eso?

—No sé... —dice—. ¡¡¡A lo mejor porque las tres últimas promesas que me has hecho no las has cumplido porque tenías los dedos cruzados!!!

(VALE, ES MEJOR NO ABUSAR DEL CONSEJO 71 Y GUARDARLO PARA OCASIONES ESPECIALES)

—Mira —descruzo los dedos y le enseño las manos—. ¡¡A ver cuándo aprendes a confiar en las personas!! —le riño echándole mucho morro.

Me obliga a chocar para sellar el trato. No me puedo creer que me haya convencido. Deja de apuntarme, vuelve el fusil hacia sí misma y se dispara **UN TIRO EN LA PIERNA.**

—¡¡¡Ahhhhhhh!!! —chilla.

Un manchurrón azul empieza a caerle desde el muslo hasta el tobillo. Tiene los dientes apretados.

—¡¡Ahhh!! ¡¡Ahhh!!

¡Es una exagerada, parece una alarma en vez de una niña! A este paso va a enterarse hasta mi madre en el bar.

–Si es que **eres tonta,** no tendrías que haberte disparado desde tan cerca.

Me agacho y empiezo a frotarle la pierna sin quitarme los guantes (tampoco es cuestión de acabar convertida en un pitufo). Ella levanta la cabeza para mirarme y veo que **le brillan los ojos.** Debe de dolerle un montón. Le froto más fuerte, masajeando.

–¿Estás mejor?

–Un poco... Gracias, tata –dice bajito.

¿Tata?, ¿ha dicho tata? ¡¡¡Debe de pasarme algo en los oídos!!! No hay otra explicación. Me quito corriendo los guantes y empiezo a darme golpecitos con los dedos, como cuando se me taponan al subir una montaña. ¿Tendré una infección, una enfermedad mortal? Ni sé la última vez que me llamó tata...

-¡¡¡Le he dado!!! ¡¡¡Le he dado!!! ¡¡¡Le he dado!!!

¡¡¡Le he dado!!!

Alguien está chillando como un loco. ¿Alguien? Rápidamente, yo y Raquel miramos al campo de juego.

El Nuevo se ha quitado la máscara, va corriendo haciendo la ola con su pelota, James, en alto, y sigue gritando:

-¡¡¡LE HE DADO!!!

Otro alguien con unas plumas de gallina horrorosas en el casco tiene un manchurrón enorme en todo el pecho; y ese otro alguien está tan furioso que, aunque lleva puesta la máscara, se ve claramente su cara de odio, porque sus ojos sueltan relámpagos y rayos, ja, ja, ja. A ver si con un poco de suerte cortocircuita con el sudor...

El Nuevo, Álex, **SE HA CARGADO A REBECA.**

Llegan todos corriendo y cantando descontrolados:

¡¡Comunidad!! ¡¡Comunidad!! ¡¡Comunidad!!

Entre Pollo y Jorge suben a hombros al Nuevo coreando su nombre, aunque cada uno lo llama de una forma diferente y es un poco confuso: ¡Álex, Álex!, ¡Lebron, Lebron!, ¡Gimli, Gimli!

Todos saltamos de alegría, chocamos, *bailamos*, lloramos, reímos... a la vez. ¡¡Comunidad!! ¡¡Comunidad!! **¡¡Comunidad!!**

Con la emoción, Hugo me suelta **un beso** sin importarle que nos vean. Rebeca y Vicky no se tiran de los pelos para no despeinarse más. Pollo saca los petardos que todavía le quedan.

-¡Te pasas! -dice Jorge, sinceramente admirado-. ¡¡¡Una traca china de 40 pajarracos!!! Nunca había visto una tan de cerca.

-Los había guardado para la celebración. También tengo un par de volcanes. ¿Me ayudáis?

Le da uno a Jorge y otro a Hugo. Es su manera de decir que Hugo ya forma parte de

la Comunidad del Anillo, que es uno más de los nuestros. Sonrío feliz, estos detalles son los que hacen de Pollo tan buen amigo.

–Por cierto –me explica–, **GALADRIEL** es una chica, la dama élfica Galadriel. Su nombre traducido quiere decir «doncella enguirnaldada de un brillante resplandor».

Empieza a partirse de risa y todos le imitan. Incluido Hugo. ¿¿¿Una chica???, ¿¿¿doncella enguirnaldada de un brillante resplandor???

Sonrío feliz, ~~estos detalles son los que hacen de Pollo tan buen amigo,~~ aunque Pollo sea un payaso.

(así queda la frase después de **RECTIFICARLA** adecuadamente)

–¿Tú lo sabías? –le pregunto a Hugo.

En vez de contestarme me da la mano y se ríe.

Tiene razón...

CONSEJO 72:

APRENDE A REÍRTE DE TUS ERRORES.

Encienden los petardos, **PAM**, pam, pam, **PAM**, pam, retumban en nuestros oídos, pam, pam, pam, pam, pam, y en nuestro interior, pam, pam, **pam**, pam, pam. Saltamos y bailamos como locos, tanto que al pobre Pablo se le lían un poco los pies y termina en el suelo, pam, **pam**, pam, pam, **PAM**.

–Y un águila para Frodo –dice Pollo cuando se termina el estruendo, enseñándome un cohete bastante gordo en un palo muy largo–. Es el mejor, me he pulido seis euracos...

–¿Yo? –felizmente sorprendida.

Me enseña a clavarlo un poco, lo suficiente como para que se quede enganchado, pero no tanto como para que no vuele. Me da el mechero. Levanto la cabeza y los miro de uno en uno, dedicándoselo: Pablo (que pasa de levantarse del suelo), Julia, Marina, Jorge, Pollo, Hugo, ¡ay, Hugo!, el Nuevo, la pelota del Nuevo, y entonces veo a **Raquel**, SOLA, apartada de todos porque las Barbies Asesinas pasan de ella.

No sé si sufro una insolación, si es lo de los oídos, si la pintura azul es tóxica, si se me ha infectado alguno de los miles de pinchos que llevo clavados o todo a la vez, pero todavía me retumba el **«GRACIAS, TATA»**.

Y, claro, como no soy de hielo, me da mogollón de pena...

–**¿Me ayudas?** –le pregunto.

Viene cojeando un poco, pero con una gran sonrisa. Me da por pensar en las veces que Marina se pone pesada con que daría todas sus cosas a cambio de una hermana.

Siempre le contesto que elija a la que quiera de las mías y que, si se lleva a las dos, hasta le perdono el ordenador.

Pero... ¿y si va y tiene razón?, ¿y si tener un hermano es mejor que tener dinero?

–Lo de la habitación sigue en pie, no creas que con esto te lo perdono –dice bajito Raquel.

¿¿¿Mejor que tener dinero??? Sí, realmente he debido de **INTOXICARME**.

—Bueno, bueno, ya hablaremos de eso...

Lo encendemos, sale disparado y estalla en montones de lucecitas rojas y verdes. Yo me siento igual, **EXPLOTANDO DE FELICIDAD.** Sé que a los demás les pasa lo mismo.

CONSEJO 73:

PARA DISFRUTAR EN TU CUMPLE, LO MEJOR ES RODEARTE DE TUS AMIGOS.

CAPÍTULO 19

LA DESPEDIDA

Cuando volvemos a entrar, ya han regresado nuestros padres y nos toca otra ronda de **fotos sin control.**

Y ahora es todavía peor, porque, en cuanto los padres se toman dos cervezas, ya pasan de enfocar y consiguen hacer **87** fotos por ***SEGUNDO.***

Por fin, nos dejan quitarnos los trajes y descubrimos que no eran totalmente impermeables y que casi todos llevamos manchas azules en la piel. Ahora sí que siento no haberle disparado a Rebeca en toda la jeta.

A Julia le ha salido un horrible sarpullido rojo en la pierna y sus padres se la llevan tranquilamente a urgencias (como van una media de dos veces semanales, ya se lo toman con calma, para ellos es como ir a comprar la barra del pan).

-¿Pueden llevarme con ustedes? -les pregunta agobiado el Nuevo.

El pobre lleva un rato frotando con desesperación su **pelota,** James, y no ha conseguido quitarle un grumo azul.

-¡¡Está muy enferma!!

¡Qué desastre! Encima, Marina no para de llorar porque Jorge, por culpa de lo de usar sus batidos como proyectiles, acaba de cortar con ella. Le ha dicho que no lo respeta en su individualidad. ¿INDIVIDUALIDAD?, ¿dónde habrá aprendido algo así? Ni siquiera creía que Jorge fuese capaz de pronunciar una palabra de más de tres sílabas.

–No te preocupes –le digo a Marina, consolándola–, ya verás cómo se me ocurre algo para que vuelvas a ligártelo.

–Sí, claro, tan fácil –sigue llorando–. Mira.

La arpía de Rebeca no pierde la ocasión y ya **está hablando con Jorge.** Se toquetea mucho el pelo y pone morritos... ¡Ay, qué mal rollo! Es difícil saber si le gusta o es solo por fastidiar. Pero, evidente, fastidiar lo hace ***de primera.***

Pollo se me pega como una lapa. Al principio le sonrío un poco, pero luego empiezo a sospechar.

–¿Qué te pasa?

–¿A mí?, nada. Nada.

Entonces me doy cuenta de lo que pone en su nueva camiseta:

Jua, jua, ¡qué gracioso!

Ha llegado el momento de **la despedida.**

Este siempre puede ser un momento «delicado», porque tan malo es pasarse como no llegar. Por eso:

CONSEJO 74:

EN LAS DESPEDIDAS, BUSCA UN PUNTO INTERMEDIO ENTRE LOS LLORONES Y LOS PASOTAS.

Hay que encontrar algo entre el empalago de Pablo Plasta, que se me tira al cuello:

–¡¡Ay, compi –lloros, lloros, lloros–, no nos vamos a ver, ay!!

Que te dan ganas de chillar: ten un poco de dignidad, **por favor.** Encima, se acuerda de las chapas que me guarda y me las da llenándome los bolsillos.

Y el pasotismo de Jorge:

–Pírate, ya volveremos a vernos –suelta mientras sigue bebiendo batido.

Aunque yo al único al que miro es a Hugo para acordarme de su cara, porque pronto solo podré verlo pixelado.

Acaricio el colgante que me ha regalado. Ha sido un cumpleaños estupendo.

Y es que...

CONSEJO 75:

NO IMPORTA QUE LAS COSAS NO SALGAN EXACTAMENTE COMO LAS HABÍAS PLANEADO.

A veces las cosas salen bien, perfectas, aunque no se parezcan en nada a lo que tú habías pensado. De hecho, creo que no se ha cumplido ni uno de los 10 mandamientos imprescindibles que todos deben obedecer el día de tu cumple. Para el año que viene tendré que reescribirlos...

–Quedan exactamente... –dice Pollo mirando el reloj.

El tío se ha vuelto a cambiar de camiseta:

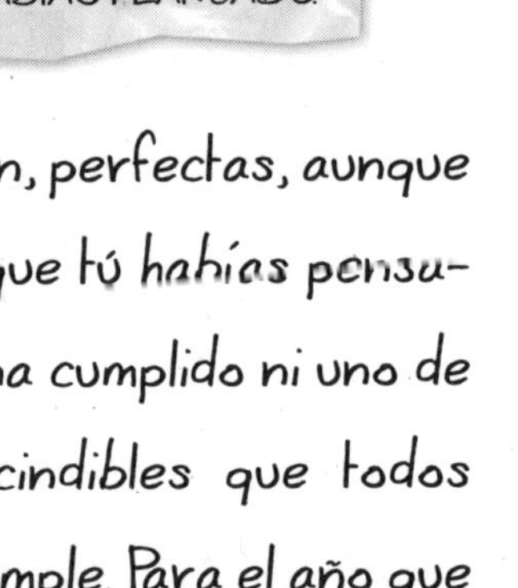

La flecha apunta, claramente, a su bolsillo.

-... quedan 23 días y trece horas para que volvamos a vernos, y será... **EN EL INSTITUTO.**

¡¡¡El instituto!!! Madre mía, prefiero no pensar en eso. Pollo está entusiasmado porque para él:

INSTITUTO = ¡¡MONTONES!! DE CHICAS NUEVAS LIGABLES

Yo, que sí utilizo la cabeza, veo un montón de problemas: volver a ser los más pequeños, gente desconocida, nuevos profesores cuyas manías deberemos aprendernos, ayudar a Marina a volver a ligarse a Jorge, sobrevivir a Pablo Plasta, aguantar a Rebeca y a las otras arpías, conseguir que no expulsen a Pollo el primer día...

Quién sabe las cosas que pueden pasarnos en el insti...

EXTRAS Y MOMENTOS MEMORABLES

10 MANDAMIENTOS IMPRESCINDIBLES QUE TODOS DEBEN OBEDECER EL DÍA DE TU CUMPLE

1º **MANDAMIENTO:** PUEDES HACER LO QUE TE DÉ LA GANA (A NO SER QUE SEAS UN ZUMBADO COMO POLLO Y PRETENDAS SALIR EN PELOTAS A LA CALLE).

2º **MANDAMIENTO:** ESTÁ PROHIBIDO ENFADARSE CONTIGO Y CASTIGARTE.

3º **MANDAMIENTO:** ERES TÚ QUIEN MANDAS. LOS DEMÁS TIENEN QUE OBEDECERTE. ESE DÍA SERÁS EL REY; LA PLEBE, A TUS PIES.

4º **MANDAMIENTO:** AL SOPLAR LAS VELAS TIENES DERECHO A PEDIR UN DESEO QUE SE CUMPLA.

5º **MANDAMIENTO:** TODO EL MUNDO DEBE COMPRARTE REGALOS (Y POR REGALOS NO VALE ROPA NI COSAS ÚTILES).

6º MANDAMIENTO: TIENEN QUE PREPARARTE TU COMIDA PREFERIDA.

7º MANDAMIENTO: PROHIBIDO AVERGONZARTE CON RECUERDOS; NO PUEDEN HABLAR DE LAS COSAS QUE HACÍAS CUANDO NI SIQUIERA ERAS CAPAZ DE SONARTE SOLO LOS MOCOS.

8º MANDAMIENTO: ES OBLIGATORIO QUE LOS DEMÁS TE DEJEN GANAR EN TODOS LOS JUEGOS.

9º MANDAMIENTO: QUEDAN PROHIBIDOS ABRAZOS Y BESOS (ESPECIALMENTE DELANTE DE TUS AMIGOS).

10º MANDAMIENTO: COMO TU CUMPLE ES TAN IMPORTANTE, SI SALE MAL, TE TIENEN QUE DEJAR REPETIRLO AL DÍA SIGUIENTE.

ÁLBUM DE FRIKADAS

LAS COSAS MÁS FRIKI-BRUTAS QUE HAN PASADO EN MI COLE

Number One: Pollo

Cuando la nariz de Pollo se convirtió en una fuente descontrolada de espaguetis con tomate porque se equivocó en un truco de magia.

Second Place: Pablo

Cuando Pablo Plasta bebió agua directamente de la taza del váter porque las fuentes estaban ocupadas y no llegaba a los lavabos.

Medalla de bronce: (Pollo otra vez)

Cuando Pollo se convirtió en una morcilla humana con pies al tratar de trepar a la canasta de baloncesto para tirarse de punta cabeza.

Puesto 3

Number Four: Diego

Cuando Diego metió la cara dentro de un plato de puré porque había «tropezado» con el pie de Jorge en el comedor.

Puesto Nº5: ¿será pollo otra vez?

Se admiten apuestas.

Agradecimientos

A Hugo, a Pablo y a Álvaro, los más entusiastas. A Guillermo Canudo por los vídeos.

A Irene porque escribir disparates juntas ha sido lo mejor del libro.

A Anna por los ánimos, las conversaciones, las risas y por saber contener el lado más loco de Sara. A Laia por ese corazón que no le cabe en el pecho. A Rita por tratarme como a una reina y a Anabel por ser tan amable y cercana.

Al equipo de Alfaguara, en especial a los que me han «socorrido» en los viajes: en Sevilla, en Oviedo, en Granada, en Zaragoza...

A los libreros por su apoyo y por la amabilidad de los que he tenido ocasión de conocer personalmente.

A los chicos y chicas que habéis asistido a mis charlas y me habéis dado ideas y consejos. En especial a Diego Losada, de Granada, por el título.

Y, sobre todo, a los que me hacéis reír y disfrutar en el día a día para que luego pueda transmitirlo al escribir.

ÍNDICE

NO TE PIERDAS MIS OTROS DIARIOS

¡Visita ya el blog!

www.consejosparasobrevivirenelcolegio.com

Este libro se terminó de imprimir
en el mes de mayo de 2016

¿HUELE MAL?
Pues yo me lavé la semana pasada
AQUÍ DENTRO VA UN VERDADERO FRIKI
LUKE, YO SOY TU PADRE
No me RALLES
SOY EL MEJOR
CON MUCHA DIFERENCIA

NO ME TOQUES LAS bolas

tu cumpleaños es un día que existe
EXCLUSIVAMENTE
para que tú seas FELIZ

ME CAES BIEN...
te mataré el último